PANINI BOOKS

AUSSERDEM VON PANINI ERHÄLTLICH:

***Star Wars:*** **Bewegliches Ziel – Ein Prinzessin Leia-Abenteuer**
(Journey to *Star Wars*: Das Erwachen der Macht)
Cecil Castellucci, Jason Fry – ISBN 978-3-8332-3197-1

***Star Wars:*** **Die Waffe eines Jedi – Ein Luke Skywalker-Abenteuer**
(Journey to *Star Wars*: Das Erwachen der Macht)
Jason Fry – ISBN 978-3-8332-3196-4

***Star Wars:*** **Im Auftrag der Rebellion – Ein Han Solo & Chewbacca-Abenteuer**
(Journey to *Star Wars*: Das Erwachen der Macht)
Greg Rucka – ISBN 978-3-8332-3195-7

***Star Wars:*** **Verlorene Welten**
(Journey to *Star Wars*: Das Erwachen der Macht)
Claudia Gray – ISBN 978-3-8332-3194-0

***Star Wars:*** **Episode I – Die dunkle Bedrohung**
Patricia C. Wrede – ISBN 978-3-8332-2450-8

***Star Wars:*** **Episode II – Angriff der Klonkrieger**
Patricia C. Wrede – ISBN 978-3-8332-2694-6

***Star Wars:*** **Episode III – Die Rache der Sith**
Patricia C. Wrede – ISBN 978-3-8332-2865-0

***Star Wars:*** **Eine neue Hoffnung – Drei gegen das Imperium**
Alexandra Bracken – ISBN 978-3-8332-3023-3

***Star Wars:*** **Das Imperium schlägt zurück – Du willst also ein Jedi werden?**
Adam Gidwitz – ISBN 978-3-8332-3024-0

***Star Wars:*** **Die Rückkehr der Jedi-Ritter – Hüte dich vor der Dunklen Seite der Macht**
Tom Angleberger – ISBN 978-3-8332-3025-7

***Star Wars:*** **DARTH VADER – Aufstieg und Fall**
Ryder Windham – ISBN 978-3-8332-1655-8

***Star Wars:*** **OBI-WAN KENOBI – Leben und Legende**
Ryder Windham – ISBN 978-3-8332-1877-4

***Star Wars:*** **LUKE SKYWALKER – Eine neue Hoffnung**
Ryder Windham – ISBN 978-3-8332-2034-0

***Star Wars:*** **DARTH MAUL – Der dunkle Jäger**
Ryder Windham – ISBN 978-3-8332-2449-2

**Nähere Infos und weitere Bände unter:**
**www.paninicomics.de**

# STAR WARS
## DAS ERWACHEN DER MACHT
### JUGENDROMAN ZUM FILM

VON MICHAEL KOGGE

Basierend auf dem Drehbuch von
LAWRENCE KASDAN & J. J. ABRAMS
und MICHAEL ARNDT

PANINI BOOKS

**Bibliografische Information der Deutschen Nationalbibliothek**
Die Deutsche Nationalbibliothek verzeichnet diese Publikation in der Deutschen Nationalbibliografie; detaillierte bibliografische Daten sind im Internet über http://dnb.d-nb.de abrufbar.

*Dieses Buch wurde auf chlorfreiem, umweltfreundlich hergestelltem Papier gedruckt. In neuer Rechtschreibung.*

MIX
Papier aus verantwortungsvollen Quellen
FSC® C014496
FSC
www.fsc.org

Deutsche Ausgabe 2016 Panini Verlags GmbH, Rotebühlstraße 87, 70178 Stuttgart.


Titel der amerikanischen Originalausgabe:
„*Star Wars: The Force Awakens*" by Michael Kogge.

Geschäftsführer: Hermann Paul
Head of Editorial: Jo Löffler
Head of Marketing: Holger Wiest (email: marketing@panini.de)
Presse & PR: Steffen Volkmer

Übersetzung: Andreas Kasprzak, Tobias Toneguzzo
Lektorat: Marc Winter
Umschlaggestaltung: tab indivisuell, Stuttgart
Satz: Greiner & Reichel, Köln
Druck: GGP Media GmbH, Pößneck
Gedruckt in Deutschland

YDSWEP007

1. Auflage, März 2016
ISBN 978-3-8332-3026-4

Auch als E-Book erhältlich:
ISBN 978-3-8332-3285-5

**Findet uns im Netz:**
**www.paninicomics.de**

**PaniniComicsDE**

*Es war einmal vor langer Zeit in einer weit,*
*weit entfernten Galaxis …*

*Luke Skywalker ist verschwunden. Während seiner Abwesenheit hat sich die finstere ERSTE ORDNUNG aus der Asche des Imperiums erhoben und wird nicht ruhen, bis Skywalker, der letzte der Jedi, vernichtet wurde.*

*Mit der Unterstützung der REPUBLIK führt General Leia Organa den tapferen WIDERSTAND. Sie versucht verzweifelt, ihren Bruder Luke zu finden und seine Hilfe dabei zu erlangen, Frieden und Gerechtigkeit in der Galaxis wiederherzustellen.*

*Leia hat ihren mutigsten Piloten in geheimer Mission nach Jakku entsandt, wo ein alter Verbündeter einen Hinweis auf Lukes Aufenthaltsort entdeckt hat …*

# PROLOG

Einst gab es eine Alte Republik, eine gerechte und wohlwollende Regierung, die die Galaxis tausend Jahre vereinte. In dieser großen Demokratie herrschte uneingeschränkter Friede. Wissenschaft und Technik erblühten, und neue Sternensysteme wurden entdeckt. Die Künste erlebten ein goldenes Zeitalter, die Bürger konnten frei ihre Meinung äußern und durch die Einführung des Galaktischen Senats erhielt jede Welt eine Stimme in der Regierung. Doch wie alles, was altert, wurde auch die Republik schwächer – Teile von ihr verrotteten, ihr Kern verfaulte, Krieg wurde eine alltägliche Tragödie. Als man sie schließlich für tot erklärte, war sie nur noch eine verblassende Erinnerung in den Köpfen ihrer ehemaligen Bürger.

Einst gab es einen mystischen Orden der Jedi-Ritter, Hüter des Friedens und der Gerechtigkeit in jener Alten Republik. Legenden erzählten von ihren übernatürlichen Fähigkeiten, zu denen unsichtbare geistige Kräfte, die Gabe der Voraussicht und große Weisheit gehörten. Aber so weise sie auch waren, die Jedi erkannten dennoch nicht das Böse inmitten ihrer geliebten Republik. Jene, denen sie vertraut, die sie als Freunde und Verbündete angesehen hatten, betrogen und vernichteten die Jedi.

Einst gab es auch ein Galaktisches Imperium, geboren aus der Asche der Republik, aber das genaue Gegenteil von allem, wofür jene Republik gestanden hatte. Es war keine große Demokratie, vielmehr herrschte ein tyrannischer Imperator mit eiserner Faust. Freiheiten wurden eingeschränkt, Gehorsam erzwungen. Propaganda bemächtigte sich der Kunst. Wissenschaft und Technik dienten nur noch dem Militär. Neue wie alte Sternensysteme wurden erobert und geplündert, die Bürger lebten in ständiger Furcht vor Bestrafung, sollten sie je gegen die Ausbeutung durch das Imperium protestieren. Der Senat wurde aufgelöst, die Jedi ausgelöscht. Die einzige Stimme, die nun noch Gewicht hatte, war die des Imperators. Doch sosehr er es auch versuchte, er konnte die Flamme der Hoffnung nicht vollends ersticken.

Einst gab es eine Rebellion, ins Leben gerufen von ein paar wenigen Tapferen, die die Prinzipien der Republik in Ehren hielten und das Imperium verabscheuten. Zunächst war es nur ein bunter Haufen von widerspenstigen Freidenkern, rebellischen Künstlern, aufgeklärten Adeligen und rastlosen Jungspunden. Sie begannen ihren Kampf gegen das Imperium schlecht organisiert, klein und schwach, unfähig, eine Schlacht zu gewinnen, ganz zu schweigen von einem Krieg. Obwohl sich die Niederlagen häuften und ein Sieg unerreichbar schien, gaben diese Rebellen nicht auf. Sie fanden Hoffnung in den Heldentaten eines jungen Mannes namens Luke Skywalker. Dieser erlernte die Fähigkeiten der Jedi und half, der Tyrannei ein Ende zu bereiten. So schnell das Imperium aufgestiegen war, so schnell fiel es nun, und an seiner statt wurde eine Neue Republik gegründet.

Doch wenn ein Krieg erst einmal begonnen hat, lässt er sich nur schwer wieder beenden. So war es auch, als die Neue Republik versuchte, Frieden zu schaffen. Denn nicht alle wollten zurück zur Demokratie. Der Bürgerkrieg hatte viele Herzen bitter und hart gemacht, und Welten, die die imperiale Zucht und Ordnung vorzogen, lösten sich von der Neuen Republik. Sie vereinigten sich unter dem Namen Erste Ordnung und waren entschlossen, die Neue Republik zu zerschlagen und die Galaxis zur verklärten Herrlichkeit imperialer Zeiten zurückzuführen.

Nur wenige in der Republik nahmen diese Bedrohung ernst, aber jene, die es taten, starteten eine Gegenoffensive. Im Angesicht der wachsenden militärischen Macht der Ersten Ordnung war dieser Widerstand allerdings viel zu schwach. Und von dem einen, der die Macht gehabt hätte, ihnen hilfreich zur Seite zu stehen, dem Mann namens Luke Skywalker, fand sich weit und breit keine Spur.

# 1. KAPITEL

Der Krieg kam nach Jakku. Sein Herold war der gigantische Schlachtkreuzer *Finalizer,* der durch die Tiefen des Alls rauschte, ohne einen Angriff fürchten zu müssen. Beinahe drei Kilometer maß der Sternenzerstörer vom Bug bis zum Heck, bestückt mit Turbolaserkanonen, Traktorstrahlen, Schildgeneratoren und Raketenwerfern – und das war nur das äußerlich Sichtbare.

Im Inneren der *Finalizer* befand sich die wahre Feuerkraft dieses Schiffs: seine Besatzung. Tausende von Offizieren, Schützen, Soldaten und Technikern, die ein Ziel vereinte: die Erste Ordnung zur dominanten Macht in der Galaxis zu machen. Ihre Hingabe an dieses Ziel war unerschütterlich, und diese Loyalität gebar tödliche Effizienz. Befehle wurden exakt so ausgeführt, wie sie gegeben wurden, ohne einen Gedanken an mögliche moralische Konsequenzen. Denn in den Köpfen der Besatzung war die Erste Ordnung immer im Recht.

Die Heerscharen von Soldaten, die den Willen der Ordnung auf dem Schlachtfeld ausführten, wurden Sturmtruppen genannt, und ebenso wie der Anblick ihrer Sternenzerstörer weckte auch ihr Anblick nicht nur Furcht, sondern auch Ehrfurcht.

Die Sturmtruppen trugen weiße Rüstungen, wie sie bereits das vielleicht hervorstechendste Symbol des einstigen Imperiums gewesen waren, aber eine neue Version. Die Panzerplatten waren leichter und nicht mehr so wuchtig, was größere Flexibilität und Bewegungsfreiheit ermöglichte. Und ihr Helm – dieses unverkennbare, immer gleiche Gesicht der imperialen Brutalität – weckte zwar weiterhin die Assoziation eines menschlichen Totenschädels, war aber stromlinienförmiger und seine Sichtschlitze waren in die Länge gezogen, um ein größeres Blickfeld zu ermöglichen.

Die Truppen der Ersten Ordnung waren mehr als nur gewöhnliche Soldaten in furchterregenden Rüstungen. Es waren ihre Fähigkeiten im Kampf, die sie wirklich auszeichneten. Schon als Kinder hatte man sie für diese Aufgabe ausgewählt – das Sturmtruppenkorps war zu ihrer Familie geworden, ihr alphanumerisches Rufzeichen zu ihrem Namen. Ihre Ausbildung war so gründlich, so eisern, dass nichts ihnen Angst machen konnte. Sie würden, ohne zu zögern, ihr Leben opfern, unaussprechliche Dinge tun, falls sie den Befehl dazu erhielten. Skrupel waren ihnen fremd. Die Erste Ordnung war immer im Recht.

FN-2187 war erst seit Kurzem ein vollwertiger Sturmtruppler und brannte darauf, seine Pflicht zu tun. Er und seine Einheit näherten sich gerade einer Wüstensiedlung. Die meisten der Einwohner waren geflohen, aber eine Handvoll Gestalten, die kaum mehr als alte Lumpen trugen, waren zurückgeblieben, um ihre Heimat zu verteidigen. Ihr Widerstand war schwach und kurz. Jeder Schuss, den ein Dorfbewohner aus einem Jagdblaster oder Kugelwerfer abgab, wurde von einer Kanonade aus den Gewehren der Sturmtruppen beantwortet. FN-2187 war meist der Erste, der das Feuer erwiderte, und sein letzter Schuss hatte einen Scharfschützen auf einem Dach erledigt.

„Gib anderen auch mal eine Chance, Acht-Sieben! Ich

hatte dieses Ziel auch im Visier", sagte FN-2003 über die interne Kom-Verbindung in ihren Helmen.

„Wozu? Damit du wieder danebenschießen kannst, Slip?", warf FN-2199 ein, der den Spitznamen Nines trug.

„Slip kann danebenschießen, so viel er will, aber ich brauche einen Treffer", erklärte FN-2000 – oder Zeroes, wie alle im Ausbildungskader ihn nannten. „Es ist nicht fair, dass Acht-Sieben den ganzen Ruhm einstreicht."

Laut dem Zähler, der zu den Anzeigen seines Helmdisplays gehörte, hatte FN-2187 mehr Ziele eliminiert als irgendein anderes Mitglied seiner Einheit. Doch er empfand keinen Stolz angesichts dieser Tatsache – er tat einfach nur seine Pflicht. Sein Infrarotsensor erfasste eine Bewegung auf der anderen Straßenseite, und er vergrößerte den Bildausschnitt.

Eine Frau mit schmutzverkrusteten Haaren kauerte hinter einer Stange, an der man Reittiere anbinden konnte. Sie starrte die Sturmtruppler zitternd und bebend an, dann griff sie in ihre Tasche. Was sie hervorholte, war dunkel und rund, genau wie eine Granate.

„Alle Mann runter!" FN-2187 ließ sich flach auf den Boden fallen, und seine Kameraden folgten seinem Beispiel. Er war nur einen Herzschlag davon entfernt, den Abzug zu drücken, als sein Helm den Gegenstand in der Hand der Frau als heimische Gugu-Frucht identifizierte. Sie biss hinein, vermutlich, um ihren klappernden Zähnen etwas zu tun zu geben und sich zu beruhigen.

Das Kom-Geplapper verwandelte sich in Lachen. „Achtung, essbare Geschosse!", witzelte Nines. „Könnten Flecken hinterlassen."

Zeroes erhob sich und rückte seine Brustplatte gerade. „Jetzt hat meine Rüstung eine Delle. Vielen Dank auch, Acht-Sieben!"

„Ich tu, was ich kann", erwiderte FN-2187, ohne sich von ihren Sticheleien beeindrucken zu lassen. Um ein Haar hätte er jemanden erschossen, der kein feindlicher Kämpfer war. Er musste vorsichtiger sein.

Eine Hand in einem schwarzen Handschuh streckte sich ihm entgegen, um ihm aufzuhelfen. Es war FN-2003 – Slip. „Egal, was er sagt, Acht-Sieben, so schnell, wie du das Ziel neu bewertet hast – das war eine phänomenale Reaktionszeit."

„Ja, ich glaube nicht, dass ich noch rechtzeitig den Finger vom Abzug genommen hätte", fügte FN-2199 hinzu.

„Darum geht dir auch immer die Munition aus, Nines", bemerkte Zeroes.

Der Lärm des Kampfes war inzwischen verstummt. „Sturmtruppen, stillgestanden!", erklang eine ernste Stimme aus verborgenen Lautsprechern. „Die Simulation ist beendet."

Das Wüstendorf verschwand, und FN-2187 und die anderen Soldaten der Einheit fanden sich im leeren weißen Simulationsraum der *Finalizer* wieder. In den Wänden, an der Decke und im Boden befanden sich Tausende winziger Öffnungen – sie hatten die holografischen Bilder projiziert, die ihre Übung so realistisch hatten wirken lassen.

„Melden Sie sich zum Einsatz", dröhnte die körperlose Stimme.

Während sie sich auf den Weg zum Hangar machten, bemerkte FN-2187 die spürbare Erregung seiner Kameraden. Er selbst war ebenfalls aufgeregt, aber auch erleichtert. Endlich keine Simulationen mehr. Sie waren im Begriff, zu ihrem ersten echten Kampfeinsatz aufzubrechen.

In der Andockbucht schlossen sich ihnen drei Trupps aus anderen Eingängen an, und gemeinsam marschierten sie an Reihen von TIE-Jägern vorbei, bis sie alle im exakt selben

Moment und in exakt derselben Entfernung vor Captain Phasma stoppten. Phasma war die Anführerin der Sturmtruppenlegionen der Ersten Ordnung.

Phasma hatte sich vor vier Truppentransportern aufgebaut. Sie trug eine makellose glänzende Chromrüstung und als Zeichen ihres Kommandos einen schwarzen Umhang mit einem roten Streifen am Rand, der über ihrer rechten Schulter mit einer Spange geschlossen war. „Sturmtruppen", begann sie, ihre Stimme durch den Helm verfremdet. „Das Ziel ist simpel. Findet diesen Flüchtigen unter allen Umständen." Sie hob ein portables Holopad hoch, und über ihrer Handfläche materialisierte sich das Bild eines alten Menschen in einem schlichten Gewand. „Er nennt sich Lor San Tekka und ist ein Todfeind der Ersten Ordnung. Fordern Sie sofort Verstärkung an, sobald Sie ihn finden. Er soll lebend gefangen genommen werden, damit die Erste Ordnung ihn verhören kann."

FN-2187 studierte das bläuliche Hologramm des Mannes. Dieser Flüchtige musste äußerst wichtig sein, dass ein Sternenzerstörer und vier Einheiten der Sturmtruppen losgeschickt wurden, um ihn zu finden.

„Haben Sie irgendwelche Fragen?", wollte Phasma wissen. Als die Soldaten jedoch still und reglos stehen blieben, die Gewehre mit beiden Händen umschlossen, trat sie einen Schritt nach vorn. „Für die meisten von Ihnen ist dies der erste richtige Kampfeinsatz. Ich kann nicht glauben, dass keiner von ihnen Fragen hat."

FN-2187 hob die Hand.

„Sprechen Sie, Zwei-Eins-Acht-Sieben", forderte Phasma ihn auf.

Der Sturmtruppler legte die Hand wieder auf seine Waffe. „Was ist mit Kollateralschäden? Wie vermeiden wir zivile Opfer?"

„Gar nicht“, entgegnete Phasma. „Diese Dorfbewohner mögen arm und schutzlos wirken, aber da sie einem bekannten Feind Unterschlupf gewährt haben, haben sie der Ersten Ordnung den Krieg erklärt. Falls sie sich nicht sofort ergeben, tun Sie, was nötig ist.“ Sie wandte sich von ihm ab und sprach alle Sturmtruppler an. „Haben Sie das verstanden?“

„Jawohl, Captain“, antwortete FN-2187 im Chor mit seinen Kameraden.

„Es ist wichtig, dass Sie nicht zu viel in die Situation hineininterpretieren. Wenden Sie an, was Sie in der Ausbildung gelernt haben, befolgen Sie Ihre Befehle, und schon bald werden Sie alle siegreich zurückkehren.“

Phasma deutete mit ihrem Gewehr auf die Landungsboote. „Gehen Sie jetzt an Bord der Ihnen zugewiesenen Transporter“, ordnete sie an. „Lang lebe die Erste Ordnung!“

FN-2187 und die anderen wiederholten den Ruf: „Lang lebe die Erste Ordnung!“

Die Sturmtruppler salutierten vor Captain Phasma, als sie an ihr vorbei zu ihren Schiffen marschierten. Phasmas Blick schien dabei einen Moment länger auf FN-2187 zu verweilen als auf den anderen – er wusste, dass sie Großes von ihm erwartete. Schon einmal hatte sie ihn als einen der stärksten unter den neuen Kadetten gelobt. Doch jetzt war er kein Kadett mehr – er war ein Sturmtruppler der Ersten Ordnung, der nun in einer echten Situation auf Leben und Tod beweisen musste, was in ihm steckte. Bei dieser Operation konnte er seinen Kameraden zeigen, dass er es verdiente, an ihrer Seite zu stehen. Und Captain Phasma und der Ersten Ordnung konnte er beweisen, dass ihr Vertrauen in ihn gerechtfertigt war.

Im Gleichschritt mit seiner Einheit salutierte FN-2187 vor

dem Captain, dann stieg er an Bord des Transporters, bereit, gegen den Widerstand anzutreten.

Ein Vorteil davon, ein Sternenjägerpilot zu sein, war es, dass man die Galaxis bereisen konnte. Poe Dameron war erst für die Neue Republik und dann für den Widerstand geflogen, und er hatte vom Rand bis zum Kern alles gesehen. Leblose Felsbrocken, Waldmonde, Sumpfplaneten, auf denen sein X-Flügler beinahe versunken war, und mehr als genug Wüstenplaneten wie Jakku.

General Leia Organa hatte ihn in geheimer Mission hierhergeschickt – „eine Mission, die für den Widerstand überlebenswichtig ist“, hatte sie gesagt. Eine Mission, die ihr helfen könnte, ihren lange verschollenen Bruder Luke Skywalker zu finden.

Bislang war alles nach Plan verlaufen. Poe war im Schutz der Nacht in die Atmosphäre von Jakku eingetreten und hatte seinen X-Flügler unter einem Felsvorsprung versteckt abgestellt, dann hatte er seinen kugelförmigen Astromechdroiden BB-8 instruiert, sich in der Gegend umzusehen, während er seine Fliegerjacke übergestreift hatte und durch die kalte Wüstennacht zu einem nahen Dorf namens Tuanul marschiert war. Dort, inmitten von Zelten und Hütten, lebte Lor San Tekka, der Mann, mit dem er Kontakt aufnehmen sollte.

Die Dorfbewohner waren nicht gerade freundlich, aber sie hielten ihn auch nicht auf. Jakku war eine Welt, auf der sich jeder um seine eigenen Angelegenheiten kümmerte – und das aus gutem Grund. Die Galaxis war groß, voller Welten mit milderem Klima, und wer sein Dasein trotzdem auf einem Wüstenplaneten fristete, der war entweder dort geboren, oder er versteckte sich hier. Darum war es besser, keine Fragen zu stellen und niemanden schief anzusehen. Man konnte nie wissen, wen man vielleicht verärgerte.

Tekka schien nicht im Geringsten überrascht von Poes Eintreffen. Er bedeutete ihm, in seine Hütte zu treten, und begrüßte den Piloten mit einem warmen Lächeln. Der Mensch war sehr alt – seine Sorgenfalten hätten für mehrere Leben gereicht –, und Poe schätzte, dass er seine besten Jahre zur Zeit der Klonkriege gehabt hatte. Dieser Konflikt war vor über einem halben Jahrhundert ausgetragen worden, und seitdem hatte sich die Galaxis extrem verändert – ein Wandel, den jemand in Tekkas Alter persönlich mitverfolgt hatte.

Der Mann stand hoch aufgerichtet vor ihm und zeigte auch sonst keine der in seinem Alter üblichen Gebrechen. Als er zu Poe sprach, strahlte seine Stimme eine gewisse Wärme aus, und er klang aufrichtig, als würden sie sich schon ihr ganzes Leben kennen. Zunächst plauderten sie ein wenig – das gehörte dazu, damit niemand, der sie belauschen mochte, Verdacht schöpfte. Doch diese oberflächliche Unterhaltung endete in dem Moment, als Tekka dem Piloten einen kleinen Lederbeutel reichte und die Hand darauf legte. „Das wird alles in Ordnung bringen“, sagte er und zog die Hand zurück, sodass der Beutel nun ganz in der Hand des Besuchers lag.

„In den Legenden heißt es, diese Karte sei unauffindbar“, meinte Poe. „Wie habt Ihr es geschafft?“

Der alte Mann lächelte nur.

Dameron erwiderte das Lächeln. „Ihr werdet es mir nicht verraten, oder? Das ist schon in Ordnung.“ Er schloss die Finger fest um den Beutel. „Ich habe Geschichten über Eure Abenteuer gehört, seit ich ein Kind war. Es ist eine Ehre für mich, Euch kennenzulernen.“

Tekka reagierte mit ernster Miene auf Poes Bewunderung. „Ich bin zu weit gereist und habe zu viel gesehen. In der

Galaxis herrscht überall Verzweiflung", erklärte er. „Etwas muss geschehen – egal wie hoch der Preis oder das Risiko ist. Ohne die Jedi kann es kein Gleichgewicht der Macht geben, und alles wird an die Dunkle Seite fallen."

Poe war klug genug, keine Fragen über die Jedi oder die Macht zu stellen. Diese Themen lagen weit über seinem Rang. „Der General sucht schon ewig danach", merkte er an.

„Der *General*..." Das Lächeln des alten Mannes kehrte zurück. „Für mich ist sie immer noch eine Hoheit."

„Ja, in der Tat, das ist sie, aber nennt sie lieber nicht *Prinzessin*", riet Poe ihm. „Zumindest nicht, wenn sie in Hörweite ist. Das kann sie nicht ausstehen."

Der Pilot wollte gerade aufbrechen, als BB-8 in die Hütte rollte. Leute, die nichts von den Fähigkeiten des Droiden wussten, meinten meist nur, dass er niedlich aussehe. Andere verglichen seinen runden Kopf und Körper mit einer umgedrehten Obstschale, die auf einem orange-weißen Grav-Ball ruhte. Doch wie so oft trog der Schein, denn sein harmloses Aussehen machte BB-8 zu einem perfekten Begleiter auf Spionagemissionen. Mit drängenden Piepslauten berichtete der Droide Poe, was er während seines Aufklärungsausflugs außerhalb des Dorfes entdeckt hatte.

Poe holte sein Quadrofernglas hervor und eilte, dicht gefolgt von Tekka, nach draußen. Als er zum Himmel aufblickte, enthüllte das Fernglas vier Transporter, die schnell auf den Planeten herabsanken. Poe erkannte Hersteller und Bauart sofort: Die Schiffe gehörten zur Ersten Ordnung. Der Krieg kam nach Jakku.

# 2. KAPITEL

Ein Gefühl von Kameradschaft erfüllte die Transporter der Ersten Ordnung. Man klopfte sich gegenseitig auf den Rücken und überprüfte seine Waffen. Kleine Sticheleien wurden ausgetauscht. Würde FN-2000 den anderen die korrekten Ortungsdaten übermitteln? Würden FN-2199 die Magazine für seinen Blaster ausgehen? Würde FN-2003 mit den anderen Soldaten mithalten können, oder würde er hinter ihnen zurückfallen? Würde FN-2187 seinen Helm aufbehalten?

FN-2187 lachte mit seinen Kameraden, aber er wusste, dass er konzentriert bleiben musste und die Vorbereitungen nicht unter der Vorfreude auf die Mission leiden durften. FN-2003s zustimmendes Nicken verriet ihm, dass er mit seiner Aufregung nicht allein war. Der Truppentransporter erbebte, als er auf dem Boden aufsetzte, aber FN-2187 blieb sicher stehen. Unerschütterlich, unnachgiebig, bereit für den Kampf – und dasselbe galt für die anderen. Dies war ihr Moment, das Ziel ihrer jahrelangen Ausbildung. Eines Tages würden sie auf diesen Tag zurückblicken und darin den Beginn einer langen und ereignisreichen Laufbahn im Sturmtruppenkorps sehen.

Die Luke öffnete sich, die Rampe wurde heruntergelassen und FN-2187s Helmvisier glich die nächtliche Dunkelheit aus – dank Infrarotsicht würde er potenzielle Feinde problemlos erkennen können. Dennoch musste er warten, bis sich der von der Landung aufgewirbelte Staub wieder gesetzt hatte, bevor er sich ein richtiges Bild von ihrem Schlachtfeld machen konnte.

Das Dorf war kleiner und erbärmlicher als das aus den Simulationen. Seine zerfledderten Zelte und vom Sand abgeschliffenen Hütten wirkten kaum wie eine passende Zuflucht für Widerstandskämpfer. Doch es war FN-2187s Pflicht, seinen Vorgesetzten zu gehorchen, nicht ihre Befehle zu hinterfragen. Die Erste Ordnung war immer im Recht.

FN-2003 gab ihm einen leichten Klaps auf die Schulter, und er erwiderte die Geste. Das Signal wurde gegeben, und FN-2187 marschierte mit seinen Kameraden in die Schlacht.

Poe kletterte in das Cockpit seines X-Flüglers und fuhr die Systeme hoch. Er hatte ein schlechtes Gewissen, weil er floh, während Tuanul sich einem Angriff durch die Sturmtruppen der Ersten Ordnung gegenübersah. Doch Lor San Tekka hatte ihm klargemacht, dass er gehen musste. Seine Mission war zu wichtig, zu viel stand auf dem Spiel. Das Schicksal der gesamten Galaxis hing davon ab, dass er dem General das Artefakt überbrachte. *Der gesamten Galaxis*. Der alte Mann wusste, wie er jemandem Druck machen konnte.

BB-8 wippte im Droidensockel hinter dem Cockpit hin und her. Er wurde allmählich ungeduldig.

„Wir fliegen ja gleich los“, beschwichtigte Poe ihn. Er aktivierte die Repulsoren und setzte dazu an, die Maschine unter dem Felsvorsprung herauszufliegen. In wenigen Augenblicken hätten sie freie Bahn.

Da erklang plötzlich ein hohes *Ping-Ping*, und das Schiff erbebte. Poe riss den Steuerknüppel zurück, um zu verhindern, dass der X-Flügler die Felswand rammte. Sie wurden beschossen! Der Scanner zeigte ihm zwei Sturmtruppler, die mit erhobenen Waffen auf ihre Position zurannten.

Doch sie rannten nicht mehr lange. Poe feuerte mit der nach unten ausfahrbaren Laserkanone des Sternenjägers auf sie, und die beiden Soldaten gingen gemeinsam mit dem Großteil der umliegenden Vegetation in Flammen auf.

Weitere Sturmtruppler waren sicherlich schon auf dem Weg – sie mussten verschwinden. Poe überprang sämtliche Systemchecks und startete die Triebwerke, doch sein X-Flügler gab nur ein ungutes Klappern von sich. Der Pilot sprang aus dem Cockpit und kletterte am Rumpf nach unten. BB-8 löste sich aus dem Droidensockel und rollte neben ihm her.

Der Schaden war schlimmer, als er angenommen hatte: Rauch stieg aus zwei der Triebwerke auf. Diese Soldaten der Ersten Ordnung hatten genau gewusst, welche Stelle sie treffen mussten, um einen X-Flügler außer Gefecht zu setzen.

So, wie es aussah, würde Poe Jakku wohl doch nicht verlassen. Er holte den Lederbeutel hervor, den Tekka ihm gegeben hatte, und nahm seinen Inhalt heraus – ein seltsames Objekt, das aus verschieden langen silbernen Blöcken zusammengesetzt zu sein schien. Die Blöcke waren alle miteinander verbunden, wobei bei manchen an den Seiten quadratische und rechteckige rote Flächen zu erkennen waren. Der Gegenstand war so klein und gleichzeitig so wichtig für das Überleben des Guten in der Galaxis.

Die Größe sagte nichts über die Bedeutung einer Sache aus, das bewies BB-8 jeden Tag aufs Neue. Darum vertraute Poe auch darauf, dass der kleine Droide Tekkas Artefakt beschützen und die Mission ohne ihn zu Ende bringen würde. Er legte den Gegenstand in den vorderen Datenschacht seines Begleiters. „Verschwinde von hier so weit weg, wie's nur geht! Ich komme dich später holen."

BB-8 schrillte protestierend – er wollte seinen Herrn nicht verlassen.

„Los!", befahl Poe, dann senkte er die Stimme und sprach mit einer Warmherzigkeit zu seinem treuen Droiden, die nur die wenigsten für Maschinen aufbrachten. „Ich werde so viele von diesen Eimerköpfen ausschalten, wie ich kann. Und mach dir keine Sorgen. Es wird alles gut – ich finde dich schon."

BB-8 stieß piepend seine Gegenargumente aus.

Aber Poe ließ sich nicht beirren. „Verschwinde endlich! Es wird schon alles gut gehen", drängte er.

Der kleine Droide rollte davon und mit ihm die Informationen, die so überlebenswichtig für die Zukunft des Widerstands waren – ein Hinweis auf den Aufenthaltsort von Luke Skywalker, den letzten der Jedi.

# 3. KAPITEL

Die Einnahme von Tuanul verlief völlig anders als die Simulationen, die FN-2187 und seine Einheit durchlaufen hatten. Die Dorfbewohner nahmen nicht voller Grauen Reißaus oder ergaben sich, als sie die weiß gerüsteten Sturmtruppen erblickten. Stattdessen bekämpften sie sie mit einer Entschlossenheit, wie sie keine Trainingsdrohne und kein holografischer Soldat an den Tag legen konnte. Einige stürmten den Angreifern frontal entgegen und schossen mit ihren Jagdwaffen auf sie, andere verbargen sich hinter Kisten und nahmen willkürlich Sturmtruppler ins Visier. Man konnte getroffen werden, ohne auch nur zu wissen, woher der Schuss gekommen war.

FN-2187 gehörte zum letzten Trupp, der am Ort des Geschehens eintraf, und er hatte seine Waffe noch nicht ein Mal abgefeuert, als FN-2003 mit rauchender Rüstung auf dem Boden zusammenbrach. Sofort ließ sich FN-2187 neben seinem Freund auf die Knie fallen, um medizinische Hilfe zu leisten, aber die Verwundung war zu schwer – für den Truppler, den sie alle Slip nannten, kam jede Hilfe zu spät. FN-2187 starrte auf ihn hinunter.

Slips Finger, die aus seinem zerrissenen, blutigen Handschuh hervorragten, griffen nach seinem Kameraden.

Unter dem Helm rann Feuchtigkeit über FN-2187s Gesicht, doch es war kein Schweiß. Er war froh, dass sein

Freund ihn nicht so sehen konnte. Seine Tränen hätten die Wirkung der zahllosen Stunden des Trainings und der Disziplin geschmälert.

FN-2003s Finger bewegten sich nicht länger.

Nachdem er ihm einen Moment lang seinen Respekt erwiesen hatte, erhob sich FN-2187 wieder. Er stolperte durch das Dorf, ohne nachzudenken. Feuer, die von den Sturmtruppen entfacht worden waren, verschlangen Gebäude und Körper, und der Rauch legte sich wie ein Leichentuch über das Dorf. Er bog um eine Ecke und hob instinktiv den Blaster, als er sich einer Einheimischen gegenübersah, die noch lebte.

Die Frau erstarrte. Sie hatte keinen Helm, unter dem sie ihre Furcht verbergen konnte – die Furcht, dass dies das Ende war und FN-2187 abdrücken und ihr Körper in den Flammen vergehen würde. Der Sturmtruppler senkte jedoch sein Gewehr. Die Dorfbewohnerin rührte sich nicht, starrte ihn nur verwirrt an.

Auch er sah sie an, aber seine Gedanken drehten sich um Slip. Ein Überschallknall beendete diesen Moment der Reglosigkeit. Die Frau rannte davon, und FN-2187 legte den Kopf in den Nacken.

Ein schnittiges Shuttle klappte seine Flügel im Landeanflug nach oben und sank herab. Schiffe dieser Klasse waren für die ranghöchsten Mitglieder der Ersten Ordnung reserviert. Nachdem es auf dem Boden aufgesetzt hatte, öffnete sich die Luke des Shuttles, und heraus trat ein Mann in einem dunklen Gewand – vor seinem Gesicht trug er eine Maske aus Metall. Es war Kylo Ren, einer der engsten Vertrauten des Obersten Anführers der Ersten Ordnung.

FN-2187 konnte den Blick nicht von Ren abwenden, als dieser auf den Brennpunkt des noch immer tobenden Kampfes zuschritt. Jede seiner Bewegungen verriet Stärke und Macht.

Plötzlich ließ ein harter Stoß FN-2187 stolpern.

Einer der Kommandanten der Einheit war hinter dem Truppler aufgetaucht. „Zurück zu deinem Team! Wir sind hier noch nicht fertig."

FN-2187 folgte dem Befehl, aber nicht, ohne noch einmal über die Schulter zu blicken. Doch die eindrucksvolle Gestalt von Kylo Ren war bereits im schwarzen Rauch der Schlacht verschwunden.

Als BB-8 davongerollt war, machte sich Poe Dameron auf den Weg zurück ins Dorf. Er hoffte, dass er vielleicht einige der unschuldigen Einwohner vor dem sicheren Tod bewahren konnte. Qualm und Trümmer verbargen ihn vor den Sturmtruppen, aber nicht vor den offenen Augen der Leichen, über die er hinwegstieg. Ihr Schicksal erinnerte ihn daran, warum er sich dem Widerstand angeschlossen hatte. Die Erste Ordnung kannte nur eine Strategie, wenn es darum ging, Konflikte zu lösen: rohe Gewalt.

Vor ihm sprachen zwei Gestalten miteinander, und Poe schlich vorsichtig näher. Einer der beiden war Lor San Tekka, der in seinem Wüstengewand aufrecht dastand. Doch als er den anderen Mann erkannte, wäre Poe beinahe zu seinem X-Flügler zurückgerannt. Man hatte ihn vor diesem Mann gewarnt. Sein Name war Kylo Ren, und er wirkte, als entstammte er direkt den dunkelsten Kapiteln der galaktischen Geschichte. Er war ganz in Schwarz gekleidet, mit einem breiten Gürtel um die Taille und einem dunklen Umhang, der von seinen Schultern herabhing. Auf dem Kopf trug er eine Kapuze, und sein Gesicht war hinter einer Metallmaske verborgen.

Poe verharrte in seiner Deckung und versuchte die beiden Männer zu verstehen. Aufgrund der Entfernung und der Explosionen der noch immer tobenden Schlacht erwies sich das zwar als äußerst schwer, aber zumindest konnte er hören, wie Tekka erklärte, dass Ren nicht zur Ersten Ordnung gehöre. Dass Ren sich von seinem eigenen Erbe abgewandt habe. Davon abgesehen schien es offensichtlich, dass Ren etwas von dem alten Mann wollte – etwas, das Tekka jedoch nicht herausrückte.

Poe verließ seine Deckung. Er musste näher heran, wenn er Ren mit dem ersten Schuss erledigen wollte. Sollte er ihn verfehlen, würde er vermutlich keine Gelegenheit für einen zweiten Versuch bekommen. Als er sich an die beiden heranschlich, konnte er ihrem Gespräch besser folgen.

„Dann versuche es doch", sagte Tekka, „aber du kannst nicht verleugnen, aus welcher Familie du stammst."

Ren schien noch größer zu werden, dann lag plötzlich ein metallener Zylinder in seiner Hand, aus dem eine blutrot glühende Klinge hervorstach. Zwei kürzere Strahlen formten eine Art Parierstange. Es war die legendäre Waffe eines Jedi-Ritters: ein Lichtschwert.

„Ihr habt so recht", knurrte Ren durch seine Maske. Dann schwang er sein Schwert und hieb den wehrlosen Greis nieder. Lor San Tekka hatte seine letzten Worte gesprochen.

Poe Dameron schrie entsetzt auf und feuerte auf Ren. Er hielt den Abzug fest gedrückt, doch es machte keinen Unterschied. Kylo Ren wirbelte herum und hob den Arm mit der Handfläche nach außen. Die Blasterschüsse verpufften in der Luft. Einer von ihnen schien, vor Energie knisternd, mitten im Flug zu erstarren. Poe hatte recht gehabt: Er würde keine zweite Chance bekommen, die schwarz gewandete Gestalt zu töten. Vermutlich würde er keine zweite Chance bekommen, überhaupt irgendetwas zu tun. Ein Blick von Ren, und er erstarrte. Mit einem Mal war er nicht mehr in der Lage, seine Waffe abzufeuern oder auch nur seine Glieder zu bewegen. Der Blick dieser diabolischen Maske schien ihn förmlich zu lähmen.

Zwei Sturmtruppler zerrten ihn vorwärts, auf Ren zu. Poe konnte sich nicht gegen ihren Griff wehren, denn noch immer war er völlig bewegungsunfähig. Der Mörder von Tekka deaktivierte sein Lichtschwert und hängte den Griff an seinen Gürtel. Anschließend musterte er Poe, seine Augen hinter der dunklen Maske verborgen.

Dameron tat, als wäre er völlig unbeeindruckt von seiner gegenwärtigen Situation. „Wer spricht zuerst? Willst du anfangen? Soll ich anfangen?"

„Dem Aussehen nach ist das ein Pilot des Widerstands", meinte Ren zu einem der Sturmtruppler, ohne auf Poes Fragen einzugehen. „Durchsucht ihn!"

Der Soldat kam dem Befehl mit hämischem Vergnügen nach und tastete den Gefangenen äußerst grob ab. Sein Kamerad aktivierte einen Personenscanner und schwenkte ihn vor Poes Körper auf und ab. Enttäuscht vom Ergebnis der Durchsuchung meldete der Sturmtruppler, der Poe abgetastet hatte: „Nichts, Sir."

Der andere Soldat blickte von der Anzeige seines Scanners auf. „Negativ, Sir. Er ist sauber. Sollen wir ihn eliminieren?"

Dameron hielt dem Blick von Rens Maske trotzig stand. Falls er hier sterben sollte, würde er der Ersten Ordnung nicht den Gefallen tun, um sein Leben zu betteln oder zu flehen.

„Nein", sagte Kylo Ren. „Bringt ihn an Bord!"

Die Sturmtruppler zerrten Poe davon. Erst als er sich nicht mehr der maskierten Gestalt gegenübersah, konnte der Pilot seine Muskeln wieder bewegen. Unglücklicherweise war er trotzdem nicht in der Lage, auf die Schreie zu reagieren, die er aus dem Dorf hörte. Sein Leben mochte verschont worden sein, aber die verbliebenen Einwohner erwartete ein anderes Schicksal. Eine Reihe von Blasterschüssen brachte ihre Schreie für immer zum Verstummen.

Als man ihn in einen Truppentransporter warf, fragte Poe sich allerdings allmählich, ob die Dorfbewohner nicht vielleicht doch besser dran gewesen waren als er. Nun, zumindest war BB-8 noch irgendwo da draußen.

# 4. KAPITEL

Wann immer man auf Jakku über Sternenzerstörer sprach, wanderte der Blick nicht hoch zum Himmel, sondern zu den fernen Dünen. Denn wenn man sich weit genug in die Wüste hinauswagte, vorbei am Niima-Außenposten, fand man dort genau das: die gigantischen Wracks imperialer Sternenzerstörer, die wie überdimensionierte Pfeilspitzen aus dem Sand aufragten. Trümmer weiterer kleinerer Schiffe lagen rings um die abgestürzten Kolosse verstreut, allesamt Relikte einer fürchterlichen Schlacht, die am besten vergessen blieb.

Die meisten mieden diesen Schiffsfriedhof um jeden Preis. Jakkus brutale Sandstürme hatten an den Wracks genagt und sie in regelrechte Todesfallen verwandelt. Ein falscher Schritt, und die Bodenplatten würden unter den Füßen eines unglücklichen Besuchers einstürzen. Eine falsche Bewegung, und Stützstreben würden einknicken und die Decke zum Einsturz bringen. Eine falsche Berührung, und alte Röhren würden bersten und gefährliche Flüssigkeiten versprühen.

Rey hatte keine Angst. Angst zu haben war ein Luxus, den sie sich nicht leisten konnte. Falls sie sich diesen Gefahren nicht stellte, würde sie verhungern müssen. Sie hielt sich an der Wand eines demolierten Zerstörers fest und benutzte ihre Werkzeuge, um diverse Komponenten auszubauen, die noch nicht dem Rost zum Opfer gefallen waren. Das Schiff war eine Schatztruhe aus Metall und Militärtechnologie. Und wenn sie erst ordentlich gesäubert wären, würden diese Teile ihr ein paar Mahlzeiten im Niima-Außenposten einbringen.

Rey war neunzehn, und das war ihr Leben. Sie verbrachte ihre Tage damit, gefährliche Orte zu erforschen und zu sammeln, was andere Schrott nannten. Zugegeben, sie hatte ein Talent für diese Art von Arbeit, aber trotzdem tat sie es nur, weil sie keine andere Wahl hatte. Bezahlte Jobs waren auf Jakku in etwa so selten wie Wasser. Darum musste sie sich mit dem zufriedengeben, was greifbar war – und das bedeutete, dass sie auch weiterhin Komponenten aus Schiffswracks ausbauen würde, um sie bei Unkar Plutt gegen Rationspackungen einzutauschen.

Nachdem sie so viel gesammelt hatte, wie sie transportieren konnte, kletterte Rey langsam und vorsichtig an der Wand hinab. Gekleidet in sandfarbene Wüstenkleidung, mit einer grün getönten Schutzbrille vor den Augen, einer ausgebeulten Umhängetasche und ihrem Stab, den sie durch die Gurte gesteckt am Rücken trug, fühlte sie sich ein wenig wie die Stahlpicker, die ebenfalls diese Gegend heimsuchten. Sie fielen nachts über die Wracks her, hackten mit ihren eisernen Schnäbeln an verrostetem Metall und bloß liegenden Drähten herum und trugen ihren Teil dazu bei, die Schiffe in Staub zu verwandeln.

Reys Füße berührten den Boden in der Nähe eines Stücks Schrott, das sie zuvor geborgen hatte. Sie hob es mit beiden Händen hoch, auch wenn ihre Muskeln unter dem Gewicht schmerzten – ihr Magen würde später noch mehr schmerzen, falls sie es jetzt nicht mitnahm.

Jakkus grelle Sonne hieß sie willkommen, als sie aus dem Inneren des Zerstörers trat. Sie legte ihre Beute ab, schob die Brille nach oben und nahm einen Schluck aus ihrer Feldflasche. Von ihrem erhöhten Standort aus hatte sie den gesamten dortigen Teil des Schiffsfriedhofs im Blick. Viele der kleineren Schiffe aus jener Schlacht vor vielen Jahren waren unter dem Sand begraben, aber hier und da blinkten noch Metallteile hervor, beispielsweise der Solarflügel eines TIE-Jägers oder die Bugnase eines alten X-Flüglers.

Rey hielt die Feldflasche an ihren Mund und klopfte gegen die Seite, um auch den letzten Tropfen noch herauszuholen. Als nichts mehr in der Flasche war, hakte Rey sie an ihrem Gürtel ein. Falls alles klappte, sollte die Ausbeute des heutigen Tages reichen, um ihren Durst und ihren Hunger für die Nacht zu stillen.

Nachdem sie die Teile auf einen provisorischen Schlitten aus Altmetall geladen hatte, ließ sie ihn die Düne hinunter zu ihrem Gleiter rutschen. Der Flitzer machte nicht viel her – er war kaum mehr als eine klobige Kiste mit Triebwerken dran –, aber für ihren gegenwärtigen Job war er mehr als ausreichend. Sie suchte sich eine größere Platte unter all dem Schrott, setzte sich darauf und rutschte hinter ihrem Bergegut her den Hang hinunter. Am Fuß der Düne angelangt, kam sie schlitternd zum Stehen, lud die Teile auf ihren Gleiter und düste kurz darauf in Richtung Niima-Außenposten. Frühstück, Mittag- und Abendessen erwarteten sie – hoffentlich.

Am Niima-Außenposten angekommen, stellte Rey ihren Gleiter ab und brachte das Bergegut zu einem Platz, der nur mit Zeltplanen von der Sonne abgeschirmt war und hauptsächlich als Waschstelle für all jene diente, die für den Schrotthändler Unkar Plutt arbeiteten. An langen Werkbänken waren Wesen diverser Spezies damit beschäftigt, die Funde des Tages mit Bürsten zu säubern und zu polieren. Je neuer und glänzender die Schrottteile aussahen, desto größer würden die Nahrungsrationen ausfallen, die sie dafür erhielten. Die junge Schrottsammlerin fand einen freien Platz und begann ihre Teile ebenfalls zu schrubben.

Nachdem Rey ihr Bestes getan hatte, um den Schrott wie teuren Schott aussehen zu lassen, suchte sie Plutt auf. Das war der Teil ihrer Arbeit, den sie am meisten hasste. Der schwabbelige Crolute saß im kühlen Innern eines Kontors, das aus den Platten einer Frachtraupe zusammengezimmert worden war, und urteilte dort über den Wert von Fund und Finder, als wäre er eine Art Schrottkönig. Er sah jedenfalls definitiv aus wie einer. Eine Lederkappe krönte seinen fetten, kahlen Schädel, und Fleischwülste wölbten sich um seinen Hals wie der Kragen eines königlichen Mantels. Sein Körper war genauso aufgequollen, wie seine Selbstverliebtheit grenzenlos war. Er mochte es, so zu tun, als wäre er großzügig bei seinen Wertermittlungen, obwohl er in Wahrheit wohl das geizigste Wesen auf ganz Jakku war.

Rey wartete vor Plutts Laden, während er ihre Beute mit seinen fleischigen Händen inspizierte. „Ein nettes Angebot, wenn auch nicht sonderlich bemerkenswert“, befand Plutt, während er mit den Fingern über die Komponenten strich. „Was du mir heute gebracht hast, entspricht dem Wert einer Viertelration.“

Eine Viertelration für wiederverwertbares Metall und Elektronikteile eines Sternenzerstörers? Am liebsten hätte Rey geschrien. Plutt zog sie über den Tisch! Auf jedem anderen Planeten hätte sie für diese Ausbeute genug zu essen und trinken für einen Monat bekommen, wenn nicht noch mehr.

Doch leider war Jakku kein anderer Planet. Es war eine isolierte Welt, wo Güter des täglichen Bedarfs mehr wert waren als seltene Metalle oder Militärtechnik. Und als wäre das noch nicht schlimm genug, hatte Plutt sämtliche Mitbewerber in Niima aufgekauft oder mit Gewalt aus dem Geschäft gedrängt – er hatte also das Monopol über den lokalen Schrotthandel. Falls Rey heute etwas essen wollte, selbst wenn es nur eine Viertelration war, musste sie mit dem vorliebnehmen, was er ihr anbot.

Rey ließ sich die beiden Rationspäckchen geben, von denen eines eine mehlartige braune Substanz enthielt und das andere einen grünen Proteinwürfel.

„Das ist mein Mädchen", sagte Plutt.

Sie hasste es, so genannt zu werden.

In ihrem bescheidenen Heim machte sich Rey ihr Abendessen. Sie öffnete beide Rationspäckchen und warf den grünen Proteinwürfel in eine Pfanne auf dem Herd. Während er brutzelte, mischte sie das braune Mehl in einer Schale mit Wasser, und nachdem die chemische Reaktion ihr Wunder gewirkt hatte, lag vor ihr ein teigartiger Laib.

Plutt nannte diese Rationskombination „Fleisch und Brot", aber Rey bezweifelte, dass es auch nur im Entferntesten so schmeckte wie echtes Fleisch und Brot. Sie aß und leckte ihren Teller sauber, um nichts verkommen zu lassen. Durch ein Loch, das als Fenster fungierte, konnte sie die Rauchschwaden eines Schiffs sehen, das in den Himmel über dem Niima-Außenposten hinaufstieg. Sie wischte sich den Mund am Ärmel ab und betrachtete ihre wenigen Habseligkeiten. Sie machten jeden Tag erträglich, denn es erinnerte sie daran, dass es in der Galaxis viel mehr gab als nur Jakku.

Sie hatte eine Puppe, die sie als Mädchen aus dem Stoff eines orangefarbenen Fliegeranzugs zusammengenäht hatte, ein Gefäß mit seltenen Blumen aus der Wüste und einen Computer aus Schrottteilen, den sie mit einem Flugsimulator bespielt hatte, um ihre Fähigkeiten als Pilotin zu verbessern.

In der Schlafecke befand sich ihr einziger echter Luxus: ein mit Blogginfedern gestopftes Kissen. Und zu guter Letzt war da noch der zerbeulte Pilotenhelm, den sie in einem X-Flügler aus der Zeit der Rebellion gefunden hatte. Sie hatte es nicht übers Herz gebracht, ihn bei Plutt einzutauschen – das hätte den Piloten entehrt, der ihn einst getragen hatte.

Rey nahm den Helm vom Regal, stülpte ihn sich über den Kopf und ging damit nach draußen, um den Sonnenuntergang zu betrachten. Das polarisierende Visier schützte ihre Augen und erlaubte es ihr, direkt in die Sonne zu blicken, als sie dem Horizont entgegensank. Personen, die Helme wie diese getragen hatten, waren der Grund, warum sie noch lebte. Die Überreste der großen Schlacht, in der sie gekämpft hatten, versorgten Rey mit Schrott für Essen und gaben ihr ein bescheidenes Zuhause.

Von außen wirkte dieses Zuhause allerdings weniger bescheiden: ein verrosteter Metallberg, der über der Salzebene ringsum aufragte wie ein gefallener Titan. Sie lebte in seinem Bauch, in der gepanzerten Mittelsektion, die einst Einheiten imperialer Sturmtruppen beherbergt hatte. Ein Cockpit ragte wie ein Kopf auf einem röhrenförmigen Hals aus dem Wrack, und seine mächtigen mechanischen Beine waren im Sand ausgestreckt, als wäre der Koloss zur Seite gestürzt und an Ort und Stelle gestorben.

Während der Schlacht war diese Monstrosität aus Metall durch die Wüste gestapft, über Dünen und feindliche Soldaten hinweg. Der Anblick musste jeden mit Todesangst erfüllt haben, der sich im Pfad der Zerstörung dieser Maschine wiederfand. Das Imperium hatte sie als einen AT-AT klassifiziert, einen Allterrain-Angriffstransporter. Rey bevorzugte den allgemeineren Namen „Läufer“ – oder wie sie es einfach nannte: „Zuhause“.

Ein Jaulen riss sie aus ihren Gedanken. Seltsamerweise klang es nicht wie die Kreaturen, die diesen Teil der Wüste bewohnten. Es war schrill, beinahe … *elektronisch?*

Rey holte ihren Stab aus dem Läufer und rannte in die Einöde hinaus, der Quelle des Geräuschs entgegen. Es wiederholte sich in exakt derselben Tonhöhe, exakt derselben Länge. Dem Klang nach schien es binär zu sein, die Sprache der Droiden. Sie kletterte auf eine Düne und sah, dass die Schreie von einem kugelrunden Droiden mit dem typischen Kuppelkopf einer Astromecheinheit stammten. Er rollte in einem Netz hin und her und verhedderte sich dabei noch mehr. Ein Teedo auf einem Luggabiest versuchte, den gefangenen Droiden auf sein Reittier zu hieven.

Rey hatte nichts gegen Plünderer und Schrottsammler, schließlich gehörte sie selbst dazu. Aber der kleine Droide wehrte sich so verzweifelt gegen seine Gefangennahme, dass es falsch erschien, ihn seinem Schicksal zu überlassen. Diese Einheit war kein gewöhnlicher binärer Lastenheber oder ein Sobot-Spion. Sein Schrillen war ein panischer Hilferuf, und aus irgendeinem Grund hatte Rey das unbestimmte Gefühl, dass der Droide ihr ebenfalls helfen würde, falls die Rollen vertauscht wären und sie in diesem Netz hängen würde.

Rey rief etwas in der Sprache des Teedo, um seine Aufmerksamkeit zu erregen. Sowohl der Plünderer als auch sein Gefangener hielten inne und blickten überrascht zu ihr hinüber. Weiterhin rufend befahl sie dem Teedo, den Droiden in Ruhe zu lassen, woraufhin das Reptilienwesen unter seiner rostigen Maske zischte.

Rey hatte schon oft mit dieser Spezies zu tun gehabt. Falls sie selbst in irgendeiner Form zeigte, dass sie eingeschüchtert war, würde sie dieses Nervenduell verlieren. Also zog sie ihr

Messer, stieg die Düne hinab und rammte unten angekommen ihren Stab in den Sand.

Der Teedo verfluchte sie, als sie den Droiden aus dem Netz zu schneiden begann, aber er blieb auf dem Rücken seines Luggabiests sitzen und ließ seinen Worten keine Taten folgen.

Dennoch hatte Rey nicht vor, sich von ihm beleidigen zu lassen. Sie stieß einige harsche Drohungen aus und unterstrich sie, indem sie wütend ihr Messer schwang.

Die Reaktion des Teedo bestand aus einem Schwall unflätiger Worte, aber letztlich zog er sein Luggabiest herum und ritt davon.

Der Droide rollte aus dem Netz und piepte seinem vermeintlichen Entführer empört hinterher.

„Schhh!", machte Rey, während sie sich zu dem Droiden hinunterbeugte. „Das ist nur ein Teedo." Als sie die Einheit musterte, um ihren Zustand abzuschätzen, fiel ihr auf, dass eine Antenne verbogen und die Kuppel von Rußspuren überzogen war. Dieser kleine Kerl hatte augenscheinlich einiges erlebt. „Woher kommst du?"

Der Droide trillerte barsch.

Rey zog die Brauen zusammen. Da sie ihren Lebensunterhalt mit Maschinen verdiente, verstand sie die binäre Sprache von Droiden. „Geheim, *wirklich?* Tja, weißt du, das ist bei mir auch so. Ein richtig großes Geheimnis. Wie wäre es damit: Du behältst deins und ich behalte meins?" Sie stand auf und deutete von ihrem Zuhause fort. „Zum Niima-Außenposten geht's da lang. Halte dich aber vom Kelvingrat fern und besser auch von den Sinkenden Feldern im Norden – dort verschlingt dich der Sand. Je näher du Niima kommst, desto geringer ist die Wahrscheinlichkeit, dass du noch einmal einem plündernden Teedo begegnest."

Anstatt ihre Ratschläge zu befolgen, rollte der Droide jedoch Rey hinterher, als sie sich auf den Rückweg zu ihrem Kampfläufer machte.

Rey blieb stehen. „Hör auf, mir zu folgen! Ich bin lieber allein. Hast du verstanden?"

Die Einheit wimmerte.

Doch diesmal wollte Rey sich nicht einwickeln lassen. Sie hatte den Droiden gerettet, das sollte doch wohl reichen. „Nein – und frag nicht noch einmal! Ich bin nicht dein Freund."

Als sie weiterging, piepte der Droide weiterhin leise und traurig vor sich hin.

Mit einem Seufzen drehte Rey sich um. Der Gedanke, dass eine Astromecheinheit einsam und allein durch die Wüste rollte, war geradezu absurd. Sofern der Droide nicht vorher in eine Sandgrube stürzte, würde er vermutlich wieder in die Hände von Teedos fallen – vor allem jetzt, bei Nacht, wo diese Wesen in großer Zahl durch die Dünen streiften. „Aber morgen früh verschwindest du", sagte sie, und der Droide antwortete mit einem dankbaren Piepsen. „Ja, ja, schon gut. Gern geschehen." Als die Einheit weiter aufgeregt zwitscherte, musste Rey lachen. „Ja, es gibt hier wirklich viel Sand."

Der Astromech stellte sich ihr nun vor, indem er seine Kennung trällerte.

„Bebe-Acht? Also gut. Hallo, Bebe-Acht! Mein Name ist Rey."

Weitere Fragen folgten. Diese Einheit war die reinste Quasselstrippe.

„Du wirst doch nicht die ganze Nacht so weitermachen, oder?"

BB-8 entschuldigte sich mit einem letzten Pfiff.

„Gut“, sagte Rey.

Sie liefen zurück zum Läuferwrack, wo sie den Rest der Nacht in Frieden und Stille verbrachten – zumindest mehr oder weniger.

# 5. KAPITEL

Die Sturmtruppler, die den Überfall überlebt hatten, verließen die Truppentransporter und betraten das Deck der *Finalizer*. Zwei von ihnen trieben den gefangenen Piloten des Widerstands vor sich her in Richtung des Zellentrakts, die anderen strömten in die Bereitschaftsräume, um sich ihrer schmutzigen Rüstungen zu entledigen.

FN-2187 hatte nicht vor, ihnen zu folgen. Er löste sich von seiner Einheit und beugte sich über den nächsten Abfallbehälter, dann riss er sich den blutverschmierten Helm vom Kopf und übergab sich. Doch ganz gleich, wie sehr er würgte, das Gefühl der Übelkeit blieb. Es war nicht so, als hätte er etwas Schlechtes gegessen. Was ihn plagte, waren die Dinge, die er gehört und gesehen hatte. Was er getan hatte. Was er nicht hatte verhindern können.

Das Gemetzel, das sich in Tuanul abgespielt hatte, war wie mit einem Laser in sein Gedächtnis gebrannt. Die Dorfbewohner hatten geschrien und um ihr Leben gefleht, als das Erschießungskommando sie zusammentrieb. Die Frau, die er verschont hatte, war unter ihnen gewesen – und diesmal hatte er nichts tun können, um ihr zu helfen.

Der Befehl, die Zivilisten zu exekutieren, war von dem schwarz gewandeten maskierten Mann gekommen, von Kylo Ren, und Captain Phasma hatte ihn an die Sturmtruppen weitergegeben. Auf ihr Signal hin hatten FN-2187 und die anderen Mitglieder seines Trupps ihre Blastergewehre gehoben. „Feuer!“, hatte Phasma gerufen.

Es war der erste Befehl, den FN-2187 je verweigert hatte. Seine Kameraden hatten abgedrückt, und ihre Schüsse waren auch ohne seine Mithilfe ausreichend gewesen. Voller Entsetzen hatte er mit angesehen, wie die Dorfbewohner sich krümmten und zusammenbrachen. Der grausige Anblick hatte tief in seinem Innern etwas ausgelöst – Zorn, Schuldgefühle, einen unabhängigen Willen –, und es hatte ihn mit dieser Übelkeit erfüllt, die ihn nun in den Abfallbehälter speien ließ.

Nachdem er mehrmals gewürgt hatte, atmete er tief ein. Er konnte niemandem sagen, wie er fühlte. Denn sollten seine Vorgesetzten je davon erfahren, würde man ihn verhören, degradieren und vielleicht sogar wegen aufwieglerischer Gedanken hinrichten lassen. Nein, er musste seine wahren Gefühle geheim halten. FN-2187 richtete sich auf, nahm wieder die Haltung eines Sturmtrupplers an und drehte sich um. Zu seiner Überraschung stand ein weiterer Soldat hinter ihm, gekleidet in eine schimmernde Chromrüstung, mit dem schwarzen Umhang eines Captains über der Schulter.

„FN-zwei-eins-acht-sieben“, begann Captain Phasma. „Ich hörte, dass Sie Probleme mit Ihrer Waffe hatten. Lassen Sie umgehend Ihren Blaster überprüfen.“

Sein Blick huschte zu dem Gewehr, das er noch immer in der Hand hielt. Ein Truppführer hatte ihn gefragt, warum er nicht auf die Dorfbewohner geschossen hatte, und seine Ausrede war gewesen, dass sein Gewehr eine Fehlfunktion hatte. Doch Phasma wollte keine Rechtfertigung hören. Seine Ausbildung hatte ihn gelehrt, dass es nur eine richtige Antwort gab. „Ja, Captain.“

Phasma blickte ihn weiter an. „Und wer erteilte Ihnen die Erlaubnis, den Helm abzusetzen?“

„Entschuldigen Sie, Captain." Rasch setzte er den Helm wieder auf.

„Melden Sie sich bei meiner Division – sofort!", befahl sie.

Noch während er salutierte, erkannte FN-2187, wie schwer es wirklich werden würde, sein Geheimnis vor den Vorgesetzten zu bewahren. Früher oder später würden sie seinen Verrat erkennen – und dann würde ihn dieselbe Behandlung erwarten wie die Dorfbewohner. Er war entbehrlich. FN-2187 dachte angestrengt über seine Optionen nach.

*Bleib hier. Ich komme zurück und hole dich, Schatz. Das verspreche ich dir.*

„Ja, ich bin hier, ich bin hier!", rief Rey.

Sie schlug die Augen auf und blickte sich um. Die Leuchten an BB-8s Kuppel glommen trübe, die Türen waren geschlossen. Alles war in Ordnung. Wie immer hatte sie die Worte nur in ihrem Kopf gehört. Schon seit Jahren wurde sie von diesem Traum verfolgt – oder vielleicht war es auch ein Albtraum. Sie war nicht in der Lage, ihn einzuordnen. Sie wusste nur, dass die Stimme kam und ging, wie es ihr beliebte. Manchmal blieb sie monatelang stumm, nur um dann, wenn Rey es am wenigsten erwartete, zurückzukehren. Sie kehrte immer wieder zurück. Immer.

Rey erhob sich von ihrer Matte, und im selben Moment glühten BB-8s Leuchten auf – seine passiven Sensoren waren offenbar selbst im Bereitschaftszustand aktiv. Sie blinzelte. „Fahr wieder runter, ja? Das tut meinen Augen weh."

Der Droide dämpfte seine Lichter, aber nicht ohne eine besorgte Frage nachzuschieben.

„Es geht mir gut", meinte Rey. „Ich brauche nur etwas frische Luft." Sie nahm ihren Stab und verließ den Läufer.

Nachts wurde es in der Wüste so kalt, dass man erfrieren

konnte. Doch sie ging nicht nach draußen, um zu den Sternen hochzublicken, sie ging nach draußen, um zu schwitzen.

Rey hob ihren Stab in die erste Position, dann begann sie die übliche Routine ihrer Übungen. Springen, schwingen, ducken, zustoßen. Dabei stellte sie sich vor, sie würde gegen unsichtbare Gegner kämpfen – die zahllosen Schläger von Jakku, die immerzu versuchten, ihre Schrottteile zu stehlen. Sie warf den Stab von einer Hand in die andere und ließ ihn rasend schnell durch die Luft wirbeln, anschließend rammte sie ihn in den Sand und wirbelte, ohne ihn loszulassen, über ihn hinweg.

Falls sie heute Nacht noch einmal ein Auge zubekommen wollte – und das sollte sie, denn morgen wartete ein weiterer langer Arbeitstag –, dann musste sie sich jetzt völlig verausgaben.

Kylo Ren betrat die Inhaftierungszelle. Obwohl der Gefangene geschlagen und gequält worden war, versuchte er, sich von der Verhörbank zu erheben, aber die Fesseln hielten und schnitten tief in seine Handgelenke und Knöchel.

Unter der Maske lächelte Ren. Das Leid eines Feindes bereitete ihm stets Vergnügen. „Ich hatte keine Ahnung, dass wir den besten Piloten des Widerstands an Bord haben“, sagte er.

Der Name des Gefangenen war Poe Dameron, und die Opferberichte vergangener Raumschlachten belegten, dass er mehr als nur ein paar tapfere Piloten der Ersten Ordnung abgeschossen hatte.

„Dich durch einen hoffnungslosen Angriff auf mich zu erkennen zu geben, war töricht. Selbst wenn du nicht so langsam und unvorbereitet gewesen wärst – Tekka war bereits tot", fuhr Ren fort, während Dameron sich erneut gegen seine Fesseln stemmte. „Hast du es bequem?"

Der Pilot versuchte, eine Hand zu bewegen. „Eher weniger."

Er würde seinen Sarkasmus noch bereuen, wenn Kylo Ren erst mit ihm fertig war. „Wir beide wollten dasselbe von dem alten Mann. Womöglich war er dir gegenüber entgegenkommender als mir. Doch ich bin beeindruckt. Niemand hat es geschafft, dir zu entlocken, was du mit dieser Karte gemacht hast."

„War vielleicht die falsche Technik", meinte Dameron.

Was für ein dummer Mensch! Er hatte keine Ahnung, welche Technik Ren benutzen würde, um ihn zu brechen und ihn in ein plapperndes Wrack zu verwandeln. Bald schon würde er alles wissen. Er streckte seine von einem schwarzen Handschuh verborgenen Finger nach dem Gefangenen aus, dann bündelte er den Schmerz, der das bodenlose Loch in seinem Inneren füllte, schärfte ihn zu einem Dorn und stach damit in Damerons schwachen Geist. „Wo ist sie?"

Der Pilot setzte sich kerzengerade auf, die Augen blutunterlaufen, und wand sich stumm unter den mentalen Qualen. Es dauerte nicht lange, bis er redete – genau, wie Ren es erwartet hatte.

Sobald er die Informationen hatte, machte Ren sich auf zur Brücke des Sternenzerstörers, um General Hux, den Kommandanten des Schiffs, zu informieren. „Die Karte zu Skywalkers Aufenthaltsort ist in einem Droiden – einer gewöhnlichen Bebe-Einheit."

Der strohblonde General in der schwarzen Uniform blickte durch das Sichtfenster auf Jakku hinab. Dass er bereits in so jungen Jahren so weit in der Befehlskette aufgestiegen war, zeigte, dass er einen brillanten Verstand hatte. „Nun gut, dann sollte der Rest nicht weiter schwer sein. Die Karte ist in dem Droiden, und der Droide dürfte noch immer auf dem Planeten sein. Wenn er auf Jakku ist, haben wir ihn bald."

Ren folgte Hux' Blick durch das Fenster. Wenn es darum ging, Luke Skywalker zu finden, war nichts einfach, aber das behielt er lieber für sich.

Rey wurde ein paar Stunden früher als üblich mit ihrer täglichen Arbeit fertig, was größtenteils an BB-8 lag. Der kleine Droide konnte natürlich nichts tragen, aber seine Sensoren halfen ihr, die besten Teile zu finden. Und obwohl sein ständiges Piepen sie noch immer irritierte, schienen die Stunden mit ihm an ihrer Seite viel schneller zu vergehen. Sie hatte nie einen Freund gewollt, aber die Tatsache, dass sie jemandem von ihrem Frust erzählen konnte, der tatsächlich zuhörte – selbst wenn es sich dabei nur um einen Droiden handelte –, machte das Leben auf Jakku gleich viel erträglicher. Doch natürlich würde es nicht so bleiben. Bald schon würde alles wieder so sein wie immer – und sie würde allein sein.

Als Gegenleistung für seine Hilfe bei der Schrottsuche nahm Rey BB-8 mit zum Niima-Außenposten, damit er einen Platz an Bord eines Schiffs finden und den Planeten verlassen konnte. „Da ist ein Händler in Landebucht drei, der dich womöglich mitnehmen würde", sagte sie. „Also, mach's gut." Anschließend machte sie sich mit ihrer Tasche auf zu Unkar Plutts Laden, aber BB-8 fiepte wie ein Happaborenjunges, also drehte sie sich noch einmal um. „Gib die Hoffnung nicht auf. Vielleicht wird er ja noch kommen – wer immer es auch ist, auf den du wartest. Streng geheim, ich weiß …", sagte sie mit einem vielsagenden Blick. „Vertrau mir! Mit dem Warten kenne ich mich aus."

Der Droide zwitscherte lang und sorgenvoll.

Es verwunderte Rey, dass eine Maschine allein durch Piepslaute eine so breite Palette an Emotionen zum Ausdruck bringen konnte. Sie ging zurück und kniete sich vor BB-8 hin. „Ich warte auf meine Familie." Ihre Augen wurden feucht bei der Erinnerung. „Die kommt bald wieder – eines Tages ..." Sie hatte das nie jemandem erzählt, es sich selbst kaum eingestanden. Dass ein einfacher Droide ihr diese Worte entlocken konnte, war absolut verblüffend.

Der Astromech justierte die Vergrößerungseinstellung seines Fotorezeptors und trällerte mitfühlend.

„Was? Nein, ich weine nicht!" Sie blinzelte die Tränen fort, stand auf und wandte sich von der neugierigen Maschine ab. Was war nur los mit ihr? Vor einem Droiden zu heulen!

BB-8 rollte neben ihr her und teilte ihr piepsend mit, dass seine Sensoren ein gesteigertes Maß an Feuchtigkeit in ihren Augen festgestellt hatten.

„Ich habe nicht geweint!" Doch jetzt weinte sie wirklich. Ganz gleich, wie oft sie blinzelte, die Tränen wollten einfach nicht versiegen. Also gab sie es schließlich auf und ließ ihnen freien Lauf. Sie beantwortete aber keine Frage des Droiden mehr, als dieser ihr weiter folgte.

Rey beschloss, an diesem Tag auf das Polieren ihrer Fundstücke zu verzichten. Sie wollte den Tausch einfach nur über die Bühne bringen und dann zurück nach Hause, wo sie allein sein und schlafen und alles andere vergessen konnte. Als sie an die Reihe kam, trat sie vor und legte ihre Tasche auf den Tresen, damit Plutt deren Inhalt begutachten konnte.

„Zwei Interlifts", brummte er und untersuchte die beiden wertvollsten Komponenten, die sie heute gefunden hatte. Mit einem Blick auf den Rest fuhr er fort: „Diese fünf Teile entsprechen dem Wert – wollen mal sehen – einer halben Ration."

Das Angebot war ein Schlag ins Gesicht. Sie würde lieber einen Abend hungern, als sich so offensichtlich über den Tisch ziehen zu lassen. „Letzte Woche war es jeweils eine halbe Ration, und du hast gesagt, du bräuchtest noch mehr davon."

„Die Umstände haben sich geändert." Die Fettwülste an Plutts Hals wogten, als er an ihr vorbeiblickte. „Was ist mit dem Droiden?"

Mit dieser Frage hatte Rey nicht gerechnet. Sie sah über die Schulter. „Was soll mit ihm sein?"

Plutt lief förmlich der Sabber aus dem Mund. „Für den würde ich dir mehr zahlen."

„Wie viel?"

BB-8 setzte zu einem besorgten Zirpen an.

„Nun, der ist mir durchaus ... sechzig Rationen wert", erklärte der Schrotthändler.

Rey blinzelte. Hatte sie richtig gehört? *Sechzig* Rationen? Nie im Leben würde Plutt je so viel bieten, nicht mal für einen funktionierenden Droiden. Mit so vielen Rationen müsste sie viele Wochen keinen Hunger mehr fürchten, vielleicht sogar Monate, falls sie sparsam war. Nein, Plutt musste sich versprochen haben.

Doch der Schrotthändler starrte nur weiter BB-8 an, ohne sein Angebot zu korrigieren. Das machte Rey misstrauisch. Wenn sie eines über Unkar Plutt wusste, dann, dass er in etwa so ehrlich war wie ein Teedo-Plünderer höflich. Seine Angebote lagen stets weit unter dem Marktpreis. So stellte er sicher, dass er reich blieb und seine Schrottsammler weiter am Hungertuch nagten.

Der Droide stieß gegen ihr Bein und protestierte vehement, woraufhin Rey einen Befehl in seine Kuppel tippte und der Astromech sofort verstummte. Sein „Kopf" rutschte über den Kugelkörper nach unten und prallte mit einem leisen Klicken auf den Boden.

Rey hatte ein schlechtes Gewissen, aber man müsste schon wahnsinnig sein, um den Droiden zu diesem Preis nicht zu verkaufen. Jeder würde an ihrer Stelle so handeln. Es ging hier schließlich um ihr Überleben. Aber noch waren die Verhandlungen nicht beendet. Zum ersten Mal hatte sie die Oberhand – hatte sie etwas, das Plutt unbedingt haben wollte –, und das würde sie ausnutzen. Diesmal würde er sie nicht übers Ohr hauen. „Einhundert Portionen", sagte sie.

Die Speckrollen des Schrotthändlers bebten vor Verachtung. „Also schön, einhundert", erwiderte er.

Dass er so schnell darauf einging, alarmierte Rey. Plötzlich fühlte sie sich, als hätte sie zu wenig verlangt, als hätte Plutt sie einmal mehr über den Tisch gezogen. Sie blickte zu BB-8 hinunter, der reglos im Staub der Straße lag. Was war so wertvoll an diesem kleinen Droiden?

# 6. KAPITEL

FN-2187 traf eine Entscheidung. Oder genauer gesagt: Nachdem er alle Optionen abgewogen hatte, die nicht mit einem Verhör, einer Haftstrafe oder einer Exekution endeten, blieb nur noch eine Entscheidung übrig. Er hätte das Massaker auf Jakku nicht verhindern können, selbst wenn er es versucht hätte. Seine Kameraden hätten ihre Gewehre sofort auf ihn gerichtet. Doch jetzt gab es etwas, das er tun konnte. Jetzt gab es jemanden, den er aus Kylo Rens Klauen retten konnte.

Der Offiziersanwärter, der an der Kontrollstation des Zellentraktes seinen Dienst verrichtete, wirkte müde. Vermutlich hatte er während des Überfalls auf Jakku eine Doppelschicht einlegen müssen. Er stellte keine Fragen, als FN-2187 eintrat und erklärte, dass er ihn ablösen solle. Im Gegenteil, der junge Mann hatte es so eilig, seinen Dienst zu beenden, dass er sogar vergessen hätte, ihm seine Sicherheitsmarke zu geben, hätte seine Ablösung ihn nicht danach gefragt.

Nachdem der andere verschwunden war, ging FN-2187 zu der Zelle mit der Nummer, die zwei Soldaten bei einem Gespräch in der Messe erwähnt hatten. Er fuhr mit der Sicherheitsmarke über den Sensor, und die Tür glitt mit einem leisen Surren auf.

Ein Sturmtruppler stand in der Zelle Wache. Der dunkelhaarige Pilot, der hinter ihm an eine Folterbank gefesselt war, schien sowohl in körperlicher als auch in geistiger Hinsicht ziemlich in die Mangel genommen worden zu sein.

„Kylo Ren will den Gefangenen sehen", sagte FN-2187.

Allein die Erwähnung von Rens Namen erstickte jegliche Frage im Keim. Die Wache befreite den Piloten von der Verhörbank und zog ihn auf die Beine.

FN-2187 kümmerte sich um den Rest und führte den Widerständler durch die Tür. Er hielt die Mündung seines Blasters auf den Rücken des Mannes gerichtet und schubste ihn in Richtung Ausgang. „Hier lang!"

Als sie einen dunklen, leeren Korridor erreicht hatten, packte FN-2187 den Piloten und stützte ihn. „Hör mir jetzt gut zu. Wenn du genau das tust, was ich sage, bring ich dich hier raus."

Der Widerständler starrte ihn noch immer ein wenig benommen an. „Was … was …? *Wer* … bist du?"

FN-2187 nahm seinen Helm ab. „Würdest du jetzt bitte still sein und zuhören? Ich will dich retten. Ich helf dir zu entkommen. Schon mal einen TIE-Jäger geflogen?"

Leben kehrte in die Augen des Mannes zurück. „Was ist hier los? Bist du … bist du beim Widerstand?"

FN-2187 musste sich zusammenreißen, um nicht instinktiv seine Zugehörigkeit und Loyalität zur Ersten Ordnung zu verkünden. Das war die Antwort, die man ihm antrainiert hatte. „Nein! Ich hol dich hier nur raus. Kannst du einen TIE-Jäger fliegen oder nicht?"

„Ich kann alles fliegen", erklärte der Pilot. „Aber wieso hilfst du mir?"

Der Sturmtruppler blickte rasch den Korridor hinunter, aber er fand keine Anzeichen, dass von irgendwoher Ärger drohen könnte. „Weil es das einzig Richtige ist."

Der Widerständler musterte ihn skeptisch. „Kumpel, falls

das funktionieren soll, müssen wir ehrlich zueinander sein. Du brauchst einen Piloten, richtig?"

FN-2187 wandte sich wieder seinem Begleiter zu. Er atmete langsam aus, dann sagte er die Wahrheit. „Na gut, ich brauche einen Piloten."

Der Gefangene grinste. „Tja, jetzt hast du einen."

„Hab ich das?"

„Ja. Wir kriegen das hin."

FN-2187 nickte, setzte den Helm wieder auf und richtete sein Gewehr erneut auf den Rücken des Mannes. Der Pilot schlüpfte zurück in die Rolle des Gefangenen und senkte niedergeschlagen den Kopf, als würde er seinem Untergang entgegengehen.

Es gab keine Probleme, bis sie den Hangar erreichten. Ein paar Deckoffiziere warfen ihnen Seitenblicke zu, als sie an ihnen vorbeimarschierten. „Ganz ruhig, ganz ruhig …", flüsterte FN-2187 wieder und wieder.

„Ich bin ruhig", wisperte der Pilot.

„Das ist ein Selbstgespräch", zischte der Sturmtruppler.

„Oh Mann!"

FN-2187 nahm den Sarkasmus des Widerständlers nicht persönlich. Die Piloten der Ersten Ordnung waren genauso arrogant. Im Gegenteil, er sah es als gutes Zeichen, dass der Gefangene sein Selbstbewusstsein wiederfand. Dann ließ er seinen Blick über die Sternenjäger im Hangar schweifen. Wartungsmannschaften arbeiteten an den meisten von ihnen, aber da war eine Maschine, die etwas abseits stand. Starke Pylone verbanden ihre sechseckigen Flügel mit der runden Pilotenkanzel. Die Kanzel war schwarz mit einer roten Markierung auf einer Seite des Cockpits und glänzenden Solarflügeln. Es war das perfekte Fluchtfahrzeug: ein TIE-Jäger der Spezialeinheiten.

Als er den TIE-Jäger sah, vergaß Poe Dameron seine Schmerzen. Das hier war etwas, womit er sich auskannte. Zwei Flügel und Zwillingsionentriebwerke. Metall, zusammengehalten von Bolzen und Schrauben. Nichts Mystisches, nur Mechanik.

Sie durchquerten den Hangar, machten einen Bogen um einen Wartungsdroiden und kletterten dann durch die obere Luke des TIEs in das runde Kommandomodul. Poe ließ sich auf den Sitz des Piloten fallen, während der Sturmtruppler seinen Helm setzte und den Platz des Schützen auf der anderen Seite einnahm, sodass sie nun Rücken an Rücken saßen.

„Ich wollte schon immer mal eins von diesen Dingern fliegen." Poe musterte die Kontrollen. „Kannst du schießen?"

„Ja, mit einem Blaster. Ich kann so ziemlich alles bedienen, was für Bodentruppen entworfen wurde", erklärte der Soldat.

„Gut, bei den Kanonen eines Schiffs ist es dasselbe Prinzip. Nur das Ergebnis ist ein bisschen großflächiger." Der Pilot gab seinem Retter eine kurze Einführung in die Hauptelemente der Waffensysteme. „Lass dir von der automatischen Zielerfassung helfen – rechts ist der Abzug zum Feuern."

Das Zögern des Sturmtrupplers verhieß nichts Gutes. „Das ist ... echt kompliziert."

Leider hatte Poe jetzt keine Zeit, ihm alles zu erklären. Sie mussten von hier verschwinden, bevor die Mannschaft der *Finalizer* bemerkte, dass er geflohen war – sofern es nicht schon bemerkt worden war. Er aktivierte die Repulsoren, aber dicke Kabel hielten die Maschine im Hangar. Poe zog am Steuerknüppel, um sich davon loszureißen, und ein paar von ihnen lösten sich tatsächlich, aber längst nicht alle.

Im selben Moment ertönten Alarmsirenen im ganzen Hangar. Eine Sturmtruppenpatrouille stürmte herein und richtete schwere Waffen auf den TIE.

„Jetzt wäre ein guter Moment, um das Feuer zu eröffnen", meinte Poe, während er den Sternenjäger von weiteren Kabeln befreite.

Der Soldat experimentierte mit den Kontrollen. „Ich tu mein Bestes, aber ich bin nicht sicher, ob ich …"

Grüne Lichtblitze zuckten aus dem Geschütz unten an der Maschine und legten den halben Hangar in Schutt und Asche. Mehrere TIE-Jäger kippten von ihren Halterungen und krachten auf den Boden, die Andockzentrale ging in Flammen auf, und die angreifenden Sturmtruppler hatten nicht einmal Gelegenheit, ihre schweren Waffen abzufeuern, bevor sie niedergemäht wurden.

„Tut mir leid, Jungs", sagte der Truppler.

Poe tippte einen Befehl ein, um den magnetischen Schild zu deaktivieren. Dieser verhinderte, dass unerwünschte Gäste in den Hangar gelangten oder Schiffe ohne Genehmigung aus dem Hangar hinausflogen. Da die Laser des TIEs den Leitstand zerlegt hatten, reagierten die Notfallsysteme auch auf Fernaktivierung. Anschließend fuhr Poe die Ionentriebwerke hoch, und die letzten Kabel gingen dahin. Ein paar Sekunden später sauste die Jagdmaschine ins All hinaus. Er lenkte den Jäger in eine Reihe von Loopings, um dem Turbolaserfeuer des Sternenzerstörers auszuweichen. „Das Ding geht voll ab!"

Der Sturmtruppler hatte inzwischen das Grundprinzip der Bordkanonen verstanden und deckte den Zerstörer mit mehreren Salven ein. Seine Schüsse waren schlecht gezielt und erinnerten Poe an ein Kind, das sich an seinem ersten Holospiel versuchte. Doch falls sie am Leben bleiben wollten, musste der Junge langsam die Turbolaserbänke des Schlachtschiffs treffen, bevor die Turbolaser ihrerseits den TIE-Jäger in seine Bestandteile zerlegten.

„Gleich kommt auf der linken Seite ein Ziel in Sicht – von dir aus gesehen rechts", sagte der Pilot. „Siehst du es?"

„Einen Moment." Poe hörte, wie sein Begleiter mit den Kontrollen kämpfte. „Ja, ich sehe es." Ein Piepsen zeigte an, dass das Ziel anvisiert war, dann drückte der Sturmtruppler den Abzug. Keine Sekunde später explodierte eine Turbolaserbank des Sternenzerstörers in einem Feuerball. Der Soldat jubelte. „Hast du das gesehen?"

„Ich hab doch gesagt, dass du das hinkriegst." Das war nun das zweite Mal, dass der Junge ihm das Leben gerettet hatte, und doch kannte Poe nicht einmal seinen Namen. „Wie heißt du eigentlich?"

„FN-zwei-eins-acht-sieben."

Poe blickte über die Schulter. „F-was?"

„Einen anderen Namen hat man mir nicht gegeben", erklärte der Sturmtruppler.

Poe konnte nicht glauben, was er da hörte. Er war selbst Soldat, und dass die Erste Ordnung versuchte, die Identität der Männer und Frauen zu löschen, die für sie in den Kampf zogen, machte ihn wütend. „Also so nenne ich dich nicht, wenn das der Name ist, den die dir gegeben haben", sagte er. „FN, ja? Finn … Weißt du was, ich werde dich Finn nennen. Ist das in Ordnung?"

Sein Retter zögerte. „Finn", wiederholte er, wie um den Klang des Namens zu testen. „Ja, das gefällt mir."

„Ich bin Poe, Poe Dameron."

„Schön, dich kennenzulernen, Poe."

„Ganz meinerseits, Finn." Er wendete den TIE für einen weiteren Angriff. Die Erste Ordnung würde erwarten, dass sie flohen und versuchten, in den Hyperraum zu springen –

und genau deshalb wäre es Selbstmord gewesen. Bevor sie die nötige Distanz und Geschwindigkeit für den Sprung erreicht hätten, wären sie längst von den Kanonen des Sternenzerstörers pulverisiert worden.

Stattdessen steuerte Poe die Jagdmaschine dicht am Rumpf des riesigen Schiffs entlang, wo er kein so leichtes Ziel abgab. Die Schützen gingen jedes Mal das Risiko ein, ihren eigenen Zerstörer zu treffen, wenn sie auf die Flüchtenden feuerten. Außerdem musste Finn möglichst nah an sein Ziel herankommen, um mit den Bordwaffen maximalen Schaden anzurichten. Doch nachdem sie eine Spur der Zerstörung über die Außenhülle der *Finalizer* gezogen hatten, wendete Poe nicht, um einen zweiten Überflug zu starten. Er beschleunigte in Richtung des einzigen Objekts, das noch größer war als der Sternenzerstörer.

Finn drehte sich um und blickte dem Piloten über die Schulter. „Wohin fliegst du?"

„Du meinst, wohin fliegen *wir*." Poe zog den Steuerknüppel zurück, und eine leuchtende sandfarbene Kugel füllte das Cockpitfenster. „Wieder zurück nach Jakku. Wohin sonst?"

„Was? Jakku? Nein, nein, nein!", protestierte der Sturmtruppler. „Jakku ist für uns im Moment ein anderes Wort für Tod – wir können da nicht wieder hin. Poe, wir sollten aus diesem System verschwinden!"

„Ich muss meinen Droiden holen, bevor die Erste Ordnung es tut", entgegnete der Pilot. Das All ringsum wurde von Laserblitzen durchschnitten, als die *Finalizer* ihre Kanonen auf sie ausrichtete.

Finn klang verwirrt – zu verwirrt, um das Feuer zu erwidern. „Was? Deinen ... *Droiden?*"

Poe riss den TIE abwechselnd nach Steuerbord und Backbord und entging den tödlichen Geschossen um Haaresbreite. „Ja, ganz genau. Er ist eine BB-Einheit, orange und weiß, ein wahres Unikat."

„Mir ist egal, welche Farbe er hat. Kein Droide kann so wichtig sein!"

„Dieser hier schon, Kumpel." Er holte die letzten Ionen aus dem Antrieb heraus. „Der Droide hat eine Karte, die zu Luke Skywalker führt."

Der Name hing in der Luft wie ein Geist – ein Geist, den jeder in der Ersten Ordnung, vom Aushilfstechniker bis hin zum hochdekorierten Admiral, verabscheute. Skywalker trug die Schuld am Tod ihres geliebten Imperators und seines loyalsten Gefolgsmannes Darth Vader. „Ich hätte dich nie befreien sollen", stöhnte Finn.

Noch während er diese Worte aussprach, wurde der TIE von einem zerstörerischen Energiestrahl getroffen. Die Schilde brachen zusammen, und der Antrieb erstarb. Die beiden Insassen wurden auf ihren Sitzen hin und her geschleudert, während Rauch und Funken aus den Konsolen aufstiegen.

„Alle Waffensysteme sind hin – ich kann hier überhaupt nichts mehr tun!", rief Finn hustend. „Wie sieht's bei dir aus?"

Poe wollte antworten, seinen Begleiter auffordern, den Notausstieg einzuleiten, doch sein Mund wollte ihm nicht gehorchen, ebenso wenig wie seine Hände. Die Schmerzen, die er ganz vergessen hatte, kehrten schlagartig zurück – echte körperliche Schmerzen, in seiner Brust, in seinen Augen. Alles, was er noch sehen konnte, war der Planet, der vor ihnen förmlich anzuwachsen schien. Er wirkte immer heller und größer, bis er alles andere verdrängte. Vielleicht hatte Finn recht gehabt. Vielleicht war Jakku ihr Tod. Dann verlor Poe das Bewusstsein.

Einhundert Rationen – eine solche Menge konnte Rey nicht ablehnen. Dieses Angebot würde ihr Leben verändern. Sie starrte auf den kleinen Droiden hinunter, der ihr all diese Rationen einbringen würde. BB-8s runder Körper lag reglos da, sein Kuppelkopf ruhte im Staub. Er sah aus wie ein halb aufgeblasener Hüpfball, den ein reiches Kind weggeworfen hatte. Doch was für den einen Abfall war, war für den anderen ein Schatz. Unkar Plutt beäugte den Astromech gierig – was Reys Zweifel an dem Geschäft weiter wachsen ließ. „Was wirst du mit dem Droiden machen?"

Der Schrotthändler häufte Rationspäckchen im Transaktionsfach seines Tresens an. „Bestimmte Leute suchen nach einem Droiden wie dem da."

Bestimmte Leute? Von wem sprach er da? Doch als Rey all die Rationspäckchen vor sich sah, schob sie die Gedanken beiseite und griff ganz automatisch danach.

„Das ist mein Mädchen!", sagte Plutt.

Die Worte machten die Rationen mit einem Schlag weniger verlockend. Rey erkannte, dass sie etwas Wichtiges verlieren würde, falls sie jetzt den Droiden verkaufte, ganz gleich, wie viele Rationen der Crolute ihr für die Einheit bot.

„Weißt du was?" Sie zog die Hand von den Nahrungspäckchen zurück. „Eigentlich ist der Droide nicht zu verkaufen."

Dem Schrotthändler quollen die Augen aus dem Schädel, und sein Tonfall wurde weniger großmütig. „Schätzchen, wir haben bereits einen Deal!"

„Die Bedingungen haben sich geändert", erklärte Rey. Sie genoss Plutts Verstimmung. Der fette Schrotthändler hatte seine Angebote in der Vergangenheit so oft im Nachhinein nach unten korrigiert, dass es nur gerecht erschien, ihm jetzt einen Denkzettel zu verpassen. Sie beugte sich zu BB-8 hinunter und gab den Aktivierungscode ein, woraufhin seine Kuppel aufblinkte und wieder nach oben auf seinen Kugelkörper ruckte.

„Du hast nichts!", keifte Plutt sie an. „Du *bist* nichts!"

Rey erwiderte nichts, während sie mit BB-8 davonging und der fluchende und tobende Crolute in seinem Laden hinter ihr zurückblieb. Doch die respektvollen Blicke, die einige der anderen Schrottsammler ihr zuwarfen, machten eines klar: Sie war nicht Plutts Mädchen.

# 7. KAPITEL

Finn, FN-2187, Finn, FN-2187 ... Die beiden Namen wirbelten in seinem Kopf umher, während Jakkus Winde ihn auf seinem Schleudersitz vor sich hertrieben. Was in den nächsten Sekunden geschah, würde seinen Namen und sein Schicksal bestimmen. Sollten die Schubdüsen des Sitzes ausfallen oder der Fallschirm sich nicht öffnen, würde der Aufprall auf der Planetenoberfläche ihn umbringen – und dann würde er den Angehörigen der Ersten Ordnung nur als der abtrünnige Sturmtruppler FN-2187 in Erinnerung bleiben. Doch falls er überlebte, konnte er sich nennen, wie immer er wollte.

Die Schubdüsen zündeten, der schwarze Fallschirm bauschte sich über ihm auf, und sein Sturz durch die Atmosphäre verlangsamte sich – zunächst nur zögerlich, aber letztlich doch so sehr, dass der Aufprall auf dem Boden nur seine Rüstung und nicht seine Knochen beschädigte. Er löste die Gurte und kam taumelnd auf die Beine. Die Wüste von Jakku breitete sich ringsum aus, so weit das Auge reichte. Nur im Osten wurde das endlose Sandmeer von einer Rauchwolke unterbrochen, die langsam in den Himmel aufstieg. Sofort rannte er darauf zu.

Der abgestürzte TIE-Jäger brannte noch, als er die Absturzstelle erreichte, und er musste über spitze Trümmerteile hinwegsteigen, um näher heranzukommen. „Poe? Sag was, falls du mich hören kannst! Poe!" Ein Ellbogen hing aus den Überresten des Cockpits. Er eilte hinüber, griff nach dem Arm und zog. Doch es war nicht Poes Ellbogen, sondern nur seine Fliegerjacke. „Poe!"

Der beißende Rauch behinderte die Sicht ins Innere des Cockpits, aber das war vermutlich besser so. Fliegerjacken bestanden aus einem Material, das selbst extremer Hitze standhalten konnte – im Gegensatz zu menschlicher Haut. Poe war wahrscheinlich bis zur Unkenntlichkeit verbrannt.

Plötzlich gab der Boden unter dem TIE-Jäger nach. Sand strömte in die Öffnungen des Wracks, und der Sternenjäger versank in seinem Absturzkrater. Finn sprang gerade noch rechtzeitig zurück, bevor der Treibsand auch ihn erfassen konnte.

Ja, *Finn*. Das war jetzt sein Name. Noch einmal rief er laut nach dem Piloten, während der TIE vor seinen Augen im Boden verschwand. Er wünschte sich, er hätte Poe ein drittes Mal retten können.

Finn selbst war noch nicht tot, aber unter der sengenden Sonne von Jakku würde sich das schnell ändern. In der Sturmtruppenausbildung hatte man ihm beigebracht, in der Wüste zu kämpfen, jedoch nicht, wie man dort überlebte.

„Ich weiß nicht, was ich tun soll!", schrie er voller Frustration, doch die Worte erstarben ohne das geringste Echo. Er war allein, aber das würde sich vermutlich schon bald ändern. Die Erste Ordnung hatte die Flugbahn des TIE-Jägers sicher verfolgt, und bestimmt waren die ersten Truppen bereits auf dem Weg hierher. Finn hatte also die Wahl, ob er sich ihnen stellte oder der Wüste.

Finn wählte die Wüste. Aufs Geratewohl marschierte er los, wobei er seine Rüstung Stück für Stück ablegte und Poes Jacke über seinen Kopf hielt, um sich gegen die Sonne zu schützen. Falls das Universum so etwas wie Gnade kannte, würde er vielleicht auf eine Siedlung oder ein Wasserloch stoßen, bevor Jakku zu seinem Grab wurde.

Rey bahnte sich im Zickzack einen Weg über den Markt des Niima-Außenpostens. Zunächst rollte BB-8 neben ihr her, ohne auch nur einen Piep von sich zu geben. Doch nachdem sie ein ganzes Stück von Unkar Plutts Laden entfernt waren, überschüttete der Droide sie geradezu mit seinem Gezwitscher.

Rey beugte sich zu ihm hinunter. „Du musst mir nicht danken, dass ich dich nicht verkauft habe." Der Astromech wollte aber nicht aufhören, ein Loblied auf sie zu singen. „Hör auf, mir zu danken! Ich kann dir nicht helfen, wenn du mir nicht sagst, auf wen du wartest."

Was BB-8 daraufhin von sich gab, war alles andere als dankbar.

Empört richtete Rey sich auf. „Ob du mir *vertrauen* kannst? Was glaubst du wohl?"

Der Droide stieß sie am Bein an und fiepte etwas, das mehr war als nur eine Entschuldigung.

Sie schnaubte. „Du wartest also auf deinen Herrn. Und wer ist das?"

BB-8 trillerte, dann quiekte er einen einsilbigen Namen.

„Poe?"

In heller Aufregung wirbelte die Einheit ein paarmal im Kreis, dann verharrte sie und fragte Rey über ihr Wissen in Sachen galaktische Geschichte aus.

„Ja, ich weiß, was die Rebellion war – und ja, ich habe vom Widerstand gehört." Sie zog die Brauen zusammen, als der Droide eine weitere Fraktion ansprach. „Die Erste Ordnung? Die sind schrecklich. Ich habe gehört, dass eines ihrer Überfallkommandos ein heiliges Dorf ganz in der Nähe vernichtet haben soll." Als BB-8 den Angriff daraufhin detailliert beschrieb, senkte Rey angewidert den Kopf. „Du warst dort?"

Der Astromech verstummte abrupt. Schatten auf dem Boden zeigten Rey, dass zwei in übel riechende Fetzen gehüllte Gestalten auf sie zukamen.

„Plutt will Droiden", sagte einer der beiden. „Wir nehmen Droiden. Frau nicht einmischen."

Rey dachte nicht daran, klein beizugeben. „Der Droide gehört mir. Ich habe ihn nicht verkauft. Plutt weiß das."

Der zweite Handlanger baute sich vor ihr auf. „Du hast recht. Plutt weiß es. Du hast ihn nicht verkauft. Also nimmt er ihn sich." Der Kerl hielt Rey fest, während sein Kumpan einen Sack über den kreischenden BB-8 warf.

Kylo Ren durchquerte die Kommandobrücke der *Finalizer*. Rings um ihn saßen Unteroffiziere und Techniker an den diversen Stationen und filterten, durchsuchten und analysierten gewaltige Datenmengen. Er schenkte ihnen keinerlei Beachtung, und sie waren nur allzu froh, ihn ebenfalls ignorieren zu können.

Seine Schritte führten Ren zu General Hux und Captain Phasma, die die holografische Personalakte eines Sturmtrupplers studierten. FN-2187 war nie in negativer Weise aufgefallen. Seine Ergebnisse in sämtlichen Kampfbereitschaftstests lagen weit über dem Durchschnitt, was die körperlichen wie die psychologischen Aspekte anging. Den Aufzeichnungen nach war er ein wahrer Vorzeigesoldat. Was also war in ihn gefahren, fragten sich Phasma und Hux gerade. Lag das Problem in seiner Ausbildung?

„Den Fehler in Ihren Ausbildungsmethoden zu finden, wird uns nicht helfen, den Droiden aufzuspüren", meinte Ren, als er neben sie trat.

Hux' Augen blieben fest auf die Holo-Akte gerichtet. „Wir haben Wichtigeres zu tun, als diesen Droiden zu suchen."

„Nicht, soweit es mich angeht", entgegnete Ren.

Der General stieß geräuschvoll den Atem aus. „Die Karte mit Skywalkers Aufenthaltsort darf nicht in die Hände des Widerstands fallen. Der Oberste Anführer Snoke war sehr deutlich: Nehmt den Droiden gefangen, falls möglich – aber *zerstört ihn,* falls nötig."

Ren wollte auf keinen Fall, dass die BB-Einheit zerstört wurde. Er brauchte sie intakt, um Skywalker zu finden. Doch das konnte er Hux nicht sagen, denn vermutlich würde der General dann dafür sorgen, dass seine Soldaten den Droiden auf jeden Fall vernichteten, nur um sein gekränktes Ego zu streicheln. „Aber wie fähig sind Ihre Soldaten? Nun, zumindest sind sie offenbar zum Hochverrat fähig", erklärte Ren mit einem Blick auf die Holo-Akte von FN-2187. „Anführer Snoke sollte doch eine Klonarmee in Erwägung ziehen."

Hux starrte ihn wütend an. „Hüten Sie Ihre Zunge! Ich werde nicht dulden, dass Sie meine Methoden infrage stellen. Meine Männer sind hervorragend trainiert – programmiert von Geburt an ..."

„Haben Sie sich die jüngsten Scans von Jakku angesehen?", unterbrach Ren ihn. „Ich glaube nämlich, dass sich der Droide beim Niima-Außenposten versteckt."

„Wir haben die Rüstung des Verräters in der Wüste gefunden – und die Fußspuren einer Person, die in Richtung Niima führen." Der General blickte kurz zu Captain Phasma hinüber, die schweigend neben ihm stand. „Ein Team ist bereits unterwegs dorthin."

„Gut", meinte Kylo Ren mit einem Nicken. „Dann sollten Sie keine Probleme haben, den Droiden zu erwischen – *unbeschädigt.*" Er marschierte zum Ausgang der Brücke und genoss die Furcht, die er in den Mannschaftsmitgliedern ringsum spürte.

Wasser! Finn sah Wasser. Es störte ihn nicht, dass es sich in einem Trog befand oder dass ein massiges vierbeiniges Happabore bereits davon trank. Es war Wasser, das war alles, was zählte.

Nach stundenlanger Wanderung durch die Wüste hatte er eine Siedlung erreicht – *Niima-Außenposten* stand auf einem Schild. Doch er weigerte sich, irgendetwas um sich herum als real zu akzeptieren, bis er getrunken hatte. Wer wusste schon, ob es nicht doch nur eine Halluzination war, ein Tagtraum, eine Fata Morgana. Durst konnte Leute in den Wahnsinn treiben.

In seinem ganzen Leben hatte noch nichts so erfrischend ausgesehen wie dieses Wasser. Er tauchte beide Hände in den Trog, hob sie an die Lippen und trank. Das kühle Nass rann seine Kehle hinab – und kam ihm sofort wieder hoch. In seinem ganzen Leben hatte noch nie etwas so widerlich geschmeckt. Zu allem Überfluss stieß ihn das Happabore weg, und er kippte nach hinten. Als er unsanft auf dem Boden landete, verflog auch der letzte Zweifel, dass dies keine Fata Morgana war.

Als er sich aufrappelte, bemerkte er etwas auf dem Basar des Außenpostens, was ihn seinen Durst kurzzeitig vergessen ließ: Zwei Rüpel in schmutziger Kleidung attackierten eine junge Frau, die nur ein paar Jahre jünger als Finn selbst zu sein schien. Doch als er sich ihnen zögernd näherte, hatte er auf einmal den Eindruck, als würde die Frau die beiden Schläger attackieren. Sie wirbelte um die eigene Achse, sprang hoch und brachte den Kerl zu Fall, der versucht hatte, sie festzuhalten. Der andere Rohling ließ einen Sack fallen und stürmte auf sein vermeintliches Opfer zu, aber die junge Frau zog einen Stab hinter ihrem Rücken hervor und hieb auf ihn ein.

Als Finn sie erreichte, lagen beide Schläger bewusstlos auf dem Boden. Eigentlich hatte er nur helfen wollen. Aber er war auch ein wenig neugierig – umso mehr, als er sah, was die Kerle zu stehlen versucht hatten. Zu seiner Überraschung rollte ein Droide unter dem Sack hervor. Es war ein Astromechdroide, eine BB-Einheit, orange und weiß. *Ein wahres Unikat,* hallte Poes Stimme in seinem Gedächtnis nach.

Er hatte Damerons Droiden gefunden! Und einen Moment später entdeckte er noch etwas: den Stab des Mädchens, der auf seinen Kopf zuraste. Finn duckte sich und schrie protestierend, aber sie wollte nicht aufhören. Und da er wusste, dass er nicht in der Verfassung für einen Kampf war, wirbelte er herum und rannte los. Er bahnte sich einen Weg durch das Chaos des Marktes, und zahlreiche Händler verfluchten ihn, als er Stände und Tische umstieß und sich die darauf präsentierten Waren auf dem Boden verstreuten.

Nachdem Finn einen Blick über die Schulter geworfen hatte, ohne sie zu sehen, wurde er langsamer. Endlich war er sie los, dachte er – da traf ihr Stab seine Brust. Ihm fehlte die Energie, irgendetwas anderes zu tun, als ächzend auf dem Boden zusammenzubrechen.

Die junge Frau stand über ihm, ihre Waffe erhoben. „Wieso hast du's so eilig, du Dieb?"

Bevor er etwas erklären konnte, rollte die BB-Einheit heran und verpasste ihm mit einem ausfahrbaren Arm einen Stromschlag.

Finn jaulte auf.

„Die Jacke!" Sie stieß seinen Arm mit dem Stab an. „Der Droide sagt, du hast sie gestohlen."

Er wollte Wasser und Schatten, nicht seinen Atem mit Diskussionen über eine Jacke verschwenden. „Hör zu, ich will nicht mit dir kämpfen. Ich hatte einen ziemlich miesen Tag, alles klar? Also wäre ich dir dankbar, wenn du aufhören würdest …" Der Astromech versetzte ihm einen zweiten Stromschlag. „Au! Hör auf!"

„Wo hast du sie her?" Diesmal stieß die Frau ihn etwas unsanfter an. „Er meint, sie gehört seinem Herrn."

Finn musterte die BB-Einheit. Er fragte sich, was sie wohl mit ihrem Elektroarm anstellen würde, wenn er die Wahrheit erzählte. „Sein Herr ist tot", erklärte er schließlich.

Das Radarauge des Droiden starrte ihn an, aber er lud seinen Arm nicht auf.

„Sie gehörte Poe Dameron. So hieß er doch, nicht wahr?" Als die Maschine nicht antwortete, wandte sich Finn an die junge Frau. „Er wurde von der Ersten Ordnung gefangen genommen. Ich half ihm zu fliehen, aber unser Schiff wurde getroffen. Poe hat's nicht überlebt."

„Dann bist du also beim Widerstand?", fragte sie.

Finn beäugte den Metallstab, den sie hielt, bereit, ihn damit bewusstlos zu schlagen. „Wie's aussieht?!", log er. „Aber ja, das bin ich! Ich bin beim Widerstand, ja."

Sie schien ihm zu glauben. Jedenfalls bewegte sich ihr Stab von ihm weg und richtete sich auf den Droiden. „Bebe-Acht sagt, dass er einen Geheimauftrag hat und zu deiner Basis muss."

Finn drehte dem Astromech den Rücken zu und dachte an das, was Poe ihm erzählt hatte. „Angeblich trägt er so was wie eine Karte in sich, die zu Luke Skywalker führt, und alle wollen sie haben."

„Luke Skywalker? Ich dachte, er wäre ein Mythos!?"

Beinahe hätte Finn gelacht. „Wirklich?"

Mit einem panischen Pfeifen beendete BB-8 sein trauervolles Schweigen.

„Was ist?“, fragte das Mädchen. „Da drüben?“ Sie machte ein paar Schritte, um besser sehen können, und nachdem er aufgestanden war, folgte Finn ihr.

Die Schläger, die sie zuvor angegriffen hatten, waren wieder bei Bewusstsein und sprachen gerade mit zwei Sturmtrupplern. Ein fleischiger Arm deutete grob in ihre Richtung.

Finn griff nach dem Handgelenk der jungen Frau und begann sich zum Rand des Basars zurückzuziehen.

„He!“, schrie sie. „Was machst du da?“

„Bebe-Acht, komm schon!“, rief Finn.

Der Droide folgte ihnen, und Sekunden später schlugen dort, wo sie eben noch gestanden hatten, Blasterstrahlen in den Boden. Finn rannte los und zerrte das Mädchen dabei mit sich. Diesmal richtete er ein noch größeres Chaos an, und die Händler verwünschten ihn noch inniger, während er ihre eben wieder aufgestellten Verkaufsstände erneut umstieß.

„Lass mich los!“ Die junge Frau riss ihre Hand weg, aber sie schlug Finn nicht damit. Stattdessen deutete sie in eine andere Richtung. „Hier lang!“

Sie eilten in ein Zelt, das offensichtlich Lagerzwecken diente, und versteckten sich hinter einem Haufen Schrottteilen. Leider fand Finn nichts darunter, was ihm als Waffe hätte dienen können. Gerade als er zu hoffen wagte, dass die Sturmtruppler an dem Zelt vorbeigerannt wären und sie in Sicherheit waren, fiepte BB-8 warnend und flitzte in den hinteren Teil des Zelts. Finn packte die Hand des Mädchens und folgte dem Droiden.

„Hör auf, mich an die Hand zu nehmen!“

Ihre Stimme war das Letzte, was er hörte, bevor der vordere Teil des Zeltes explodierte.

Die Druckwelle riss Rey von den Beinen, und einen Augenblick später landete ihr Gesicht im Staub. Sie spuckte Sand und stemmte sich vom Boden hoch. Durch das teilweise eingestürzte Zeltdach konnte sie TIE-Jäger sehen, die über den Himmel jaulten und den Niima-Außenposten mit Laserfeuer eindeckten. Dann drehte sie sich zu dem jungen Mann um, der behauptet hatte, Teil des Widerstands zu sein, und nun mit dem Gesicht nach unten neben ihr lag. Er musste die Wahrheit gesagt haben – die Erste Ordnung würde keine Sternenjäger schicken, um einen gewöhnlichen Kriminellen zu jagen. Sie kroch zu ihm hinüber und rollte ihn auf den Rücken.

Kurz blieb er noch bewusstlos, dann schlug er die Augen auf. „Alles in Ordnung?“, fragte er.

„Ja, alles in Ordnung.“ Sie hielt ihm die Hand hin. Er blickte sie kurz an, dann griff er danach. Nachdem sie ihm aufgeholfen hatte, zog sie ihren Arm aber schnell wieder zurück. „Komm mit!“

Was noch vom Niima-Außenposten übrig war, stand in Flammen und rauchte. Laserfeuer hatte die Zelte in Brand gesetzt und Wohnhütten in Trümmer verwandelt. Und die TIE-Jäger waren noch lange nicht fertig. Sie machten gerade kehrt, um einen zweiten Angriffsflug zu starten. Händler, Schrottsammler und die anderen Einheimischen trampelten einander förmlich nieder, während sie nach etwas suchten, wo sie sich verstecken konnten. Rey hängte sich ihren Stab über die Schulter und führte den jungen Mann und BB-8 zu einem Ort, dem sonst niemand Beachtung schenkte: einem freien Platz, der als Raumhafen des Außenpostens fungierte. Rings um diesen Platz standen Raumschiffe, verborgen unter Planen, die ihre empfindlichen Teile vor den Sandstürmen schützen sollten.

Rey sprintete durch einen Torbogen auf das Landefeld, dicht gefolgt von BB-8 und dem mysteriösen Fremden.

Der junge Mann war augenscheinlich verwirrt von ihrer Entscheidung. Er blickte immer wieder zu den TIE-Jägern zurück, die in ihre Richtung flogen. „Gibt es hier irgendwo ein sicheres Versteck? In der Richtung können wir nicht entkommen!"

Rey deutete auf ein Fahrzeug, das am Rand des Landefelds abgestellt war. „Vielleicht doch – mit diesem Quadjumper!"

Ihr Begleiter schüttelte den Kopf. „Ich bin ein Schütze. Dafür brauchen wir einen Piloten."

„Den haben wir", erwiderte sie selbstbewusst.

*„Du?"*

Seine Zweifel waren deutlich hörbar, und Rey beschloss, dafür zu sorgen, dass er diese Skepsis noch bereute.

Der junge Mann deutete währenddessen auf ein heruntergekommenes Schiff, einen corellianischen Frachter, der zu Plutts privaten Klapperkisten gehörte. „Was ist mit diesem Schiff? Es ist näher – vielleicht können wir uns an Bord verstecken."

„Wir brauchen etwas, das schnell ist. Die Mühle ist doch nur Schrott! Die kommt kaum vom Boden hoch."

In diesem Moment sprengte eine Salve von einem der TIE-Jäger den Quadjumper in tausend Teile, die rauchend auf das Landefeld herabregneten.

„Nun, der Schrott wird's schon tun", erklärte Rey angesichts der neuen Lage. Sie änderte die Richtung und rannte die Einstiegsrampe des Frachters hinauf. Aufs Geratewohl drückte sie die Kontrollen auf der anderen Seite der Luke, und zu ihrer eigenen Überraschung wurde die Rampe eingezogen. Die Luke schloss sich. Vielleicht war dieses Stück Schrott doch nicht so schrottig, wie sie gedacht hatte.

Gemeinsam mit BB-8 eilte sie ins Cockpit, wo sie ihren Stab beiseitewarf und sich in den Pilotensessel fallen ließ. Sie drückte einen Schalter auf der Konsole, und die Kontrollen leuchteten auf – vielleicht ein wenig verstaubt, aber noch immer deutlich lesbar. „Los, ans Bordgeschütz, nach unten!", rief sie dem jungen Mann zu.

„Bist du dieses Ding schon mal geflogen?", rief er zurück.

„Nein, das Schiff wurde ewig nicht bewegt." Rey leitete die Startsequenz ein, aber nichts geschah – die Triebwerke blieben stumm. Es dauerte ein paar Sekunden, bis sie die nachgerüstete Pumpe für die Treibstoffleitung entdeckte. Sie betätigte die Pumpe, startete die Sequenz noch einmal von Neuem, und diesmal erwachten die Triebwerke zum Leben. „Ich krieg das hin, ich krieg das hin", sagte sie sich. Es war komisch, aber sie glaubte zu hören, wie der junge Mann gerade dieselben Worte von sich gab.

Die Repulsoren an der Unterseite des Frachters sprangen an, und die Planen rutschten vom Schiff. Um ein Haar wäre die Rückkehr in die Lüfte nach ein paar Sekunden bereits wieder zu Ende gewesen, denn der Frachter drehte sich und sackte ab, wobei er den Torbogen am Eingang des Landefelds zum Einsturz brachte und einen Evaporator umstieß.

Gerade noch rechtzeitig gelang es Rey, das klemmende Steuer zurückzuziehen und eine feurige Bruchlandung abzuwenden. Sie zog weiter daran, und der Frachter stieg, von neuem Leben erfüllt, in den Himmel hinauf.

Als sie über den Ort hinwegzogen, konnte sie kurz Unkar Plutt sehen, der aus seinem demolierten Laden kroch und wütend die Faust über dem Kopf schüttelte. Doch er war im Moment das kleinste von Reys Problemen, denn die beiden TIE-Jäger hatten vom Niima-Außenposten abgedreht und nahmen die Verfolgung auf.

# 8. KAPITEL

Finn versuchte, im Geschützturm eine bequeme Sitzposition zu finden. Die Kontrollen ähnelten denen, die er in Holosendungen für Sammler klassischer Raumschiffe gesehen hatte: Es gab zahlreiche nett anzusehende Anzeigen und Tasten, nur einen Einschaltknopf konnte er nirgends entdecken. Dieser corellianische Frachter war eine echte Antiquität. Doch er konnte fliegen – Junge, konnte dieser Vogel fliegen! Er spürte die Kraft der Triebwerke, die durch die Leitungen des Schiffs pulsierte. Den Niima-Außenposten hatten sie schon nach kürzester Zeit hinter sich zurückgelassen, und Sanddünen beherrschten nun das Bild. Ob das Schiff auch schnell genug war, um zwei TIEs der Ersten Ordnung abzuschütteln, würde sich jedoch erst noch zeigen müssen.

„Nicht zu hoch", rief Finn ins Mikrofon seines Headsets. „Bleib unten, das bringt ihre Ortung durcheinander."

„Wie du meinst … Festhalten! Ich geh jetzt runter!", verkündete Rey.

Der Frachter raste in steilem Winkel auf den Boden zu, dann richtete er sich wieder aus und bremste ab. Sie flogen nun so dicht über der Wüste dahin, dass sie die Kuppen von ein paar Sanddünen abrasierten. Die TIE-Jäger deckten sie dabei mit Laserfeuer ein.

„Schießt du auch mal irgendwann zurück?", dröhnte Reys Stimme in Finns Ohr.

„Ich arbeite dran!" Er drückte jeden Knopf und legte jeden Schalter um, aber welcher dafür verantwortlich war, dass plötzlich der Zielcomputer aufleuchtete, konnte er im Nachhinein nicht mehr sagen. Die Finger um den Abzug geschlossen feuerte er mit den Vierlingslasern auf die TIEs – kein einziger Schuss traf sein Ziel. „Sind die Schilde aktiviert?"

Die Stimme des Mädchens drang knisternd aus dem Empfänger. „Das ist nicht so einfach ohne Kopilot!"

Finn schwang hinter dem Geschütz hin und her, bis ihm schwindlig wurde. Die Aufhängung seines Sitzes saß so locker, dass er sich jedes Mal halb im Kreis drehte, wenn er das Gewicht verlagerte. „Hier drinzusitzen, ist auch nicht besser!"

Die TIEs rasten über sie hinweg, um einen Zusammenstoß zu vermeiden, und beharkten sie dabei mit Dauerfeuer aus ihren Kanonen.

Zum Glück hatte Finns Reisebegleiterin rechtzeitig die Schilde hochgefahren, und die Laserstrahlen verpufften, bevor sie dem Frachter echten Schaden zufügen konnten.

Die Sternenjäger flogen eine Schleife, um erneut zum Angriff überzugehen.

Finn schoss wieder, aber auch jetzt hatte er kein Glück. „Wir brauchen Deckung! Und zwar schnell!"

„Die werden wir gleich bekommen – hoffe ich", erwiderte das Mädchen über das Kom.

Ihre Antwort stimmte ihn nicht gerade zuversichtlich. Sie steuerte den Frachter außerdem auf etwas zu, was eigentlich nur eine Kriegszone aus grauer Vergangenheit sein konnte: ein mehrere Kilometer messender Bereich, in dem zerstörte Fahrzeuge und Raumschiffe aus dem Boden ragten. Sie bildeten einen Furcht einflößenden Hinderniskurs, wo jedes falsche Manöver den sicheren Tod bedeuten konnte.

Finn hatte die Finger am Abzug – und endlich gelang ihm ein Treffer. Der Schuss durchstieß eine Lücke in den Schilden eines TIEs und zerstörte seinen Flügel. Der Sternenjäger raste geradewegs in den Rumpf eines gestrandeten Schlachtschiffs. Finn jubelte laut. „Langsam hab ich den Dreh raus!"

„Guter Schuss!", lobte die junge Frau.

Ihre Freude hielt aber nur kurz an, dann entfesselte der andere TIE-Jäger ein Trommelfeuer, das auf die Schilde des Frachters einhämmerte. Die Einschläge rüttelten Finn auf seinem Sitz durch, und das Geschütz blockierte. Es ließ sich nicht mehr drehen, was bedeutete, dass er nicht länger zielen konnte – er konnte nur noch feuern. „Das Geschütz hat sich irgendwie verklemmt", erklärte er. „Ich kann's nicht schwenken – du musst den TIE abschütteln!"

Die junge Frau versuchte, genau das zu tun, indem sie in das gewaltige Triebwerk eines imperialen Sternenzerstörers raste. Plötzlich flogen sie durch ein enges Labyrinth aus geborstenen Röhren und eingestürzten Wänden.

„Machen wir das jetzt wirklich?", fragte Finn ungläubig.

„Halt dich bereit!", befahl sie.

„Geht klar … Wofür?"

Die Enge hatte den TIE-Piloten nicht abgeschreckt. Er folgte jeder Bewegung des Frachters und deckte sie dabei mit Laserschüssen ein. Nach einem kurzen Steigflug schossen sie aus dem Sternenzerstörer in den blauen Himmel. Finn wurde in seinen Sitz gepresst, als die junge Frau den Frachter abbremste und ihn dann herumriss, sodass sie ihren Verfolger vor sich hatten. Der Sternenjäger tauchte gerade aus den Schatten des Schlachtschiffs auf, genau in der Mitte von Finns Zielvisier. Sie präsentierte ihm die feindliche Maschine auf dem Silbertablett – alles, was er jetzt noch tun musste, war zu schießen. Und genau das tat er auch.

Der TIE explodierte, während seine eigenen Schüsse weit an dem corellianischen Frachter vorbeigingen.

Finn seufzte erleichtert. Sie rasten steil nach oben, und der Planet Jakku blieb unter ihnen zurück.

Rey aktivierte den Autopiloten und sah dann nach BB-8. Der Droide war während des Flugs wild hin und her geschleudert worden und teilte ihr piepsend mit, dass er 1,3 Standardminuten brauchen würde, um seine Servos neu zu kalibrieren. Dann ging sie nach hinten in den Gemeinschaftsbereich.

Der junge Mann saß dort am Holoschachtisch und grinste breit. „Also, das nenne ich fliegen! Wie hast du das gemacht?"

„Danke", erwiderte sie. „Aber ich … ich weiß es nicht."

„Moment mal, niemand hat dir das beigebracht?", fragte er. Als sie den Kopf schüttelte, wirkte er ernsthaft überrascht. *„Niemand?"*

„Ich habe schon kleinere Schiffe geflogen, aber ich habe noch nie den Planeten verlassen." Dass es sich bei den meisten dieser „kleineren Schiffe" um virtuelle Raumfahrzeuge in ihrem Flugsimulator gehandelt hatte, ließ sie lieber unerwähnt.

„Nun, es war beeindruckend." Sein Grinsen wurde noch breiter. „Du hast ihn in Position gebracht."

„Dieser letzte Schuss, das war ein Volltreffer!", grinste sie. „Du hast ihn mit einem einzigen Treffer erledigt."

Er nickte, von sich selbst beeindruckt. „Ich weiß, das war ziemlich gut."

Sie lachte. „Das war perfekt!"

Ein paar Augenblicke stimmte einfach alles. Rey hatte Unkar Plutt die Stirn geboten, sie waren den Soldaten und Piloten entkommen, die ihren Tod gewollt hatten, und sie hatte einen neuen Freund gefunden, der im Gegensatz zu BB-8 aus Fleisch und Blut war. Um ehrlich zu sein, nun, wo sie einen genaueren Blick auf ihn werfen konnte, fand sie ihn sogar ziemlich …

Er unterbrach ihren Gedankengang. „Warum starren …"

„… wir einander an?"

„Ja", sagte er.

„Keine Ahnung."

Ein voll kalibrierter BB-8 rollte mit einem Schwall von Piepslauten in den Gemeinschaftsbereich.

Rey legte dem Droiden beruhigend die Hand auf die Kuppel. „He, du bist in Sicherheit. Er ist beim Widerstand, und er wird dich nach Hause bringen. Wir beide werden das." Sie blickte ihren Schützen an, und erst in diesem Augenblick fiel ihr das Offensichtliche auf. „Ich kenne nicht mal deinen Namen."

„FN-zw…", wollte er fast schon sagen, aber dann korrigierte er sich rasch. „Finn. Und wie heißt du?"

„Ich bin Rey."

„Rey", wiederholte er, und ihr gefiel, wie er es sagte.

Ein Knall und ein Zischen unterbrachen ihre Unterhaltung. Eine Deckplatte war aufgesprungen, und Gas strömte darunter hervor. Rey rannte zu dem Loch hinüber. „Hilf mir damit – schnell!"

Finn eilte an ihre Seite. „Was ist denn los?"

Rey spähte in die Öffnung, konnte aber wegen der Gaswolke nichts erkennen. „Weiß nicht. Ich hoffe nur, es ist nicht der Motivator!" Anschließend bedeckte sie ihre Augen und sprang in das Loch hinunter.

Kylo Ren starrte auf der Brücke der *Finalizer* in die Dunkelheit des Alls hinaus. Die meisten Besatzungsmitglieder waren in ihren Kabinen und erholten sich, aber er konnte nicht schlafen. Und zwar deshalb, weil etwas so Wichtiges wie die Karte innerhalb seiner Reichweite war.

Der diensthabende Offizier, Lieutenant Mitaka, trat zu ihm. Seine Schritte klangen zögerlich, so als wollte er jeden Moment davonrennen. „Sir", meldete er mit zitternder Stimme, „es war nicht möglich, den Droiden auf Jakku sicherzustellen. Ihm gelang die Flucht an Bord eines gestohlenen corellianischen YT-Frachters."

Ren wandte sich von den Sichtfenstern ab. „Der Droide hat einen Frachter gestohlen?"

„Nicht direkt, Sir. Er hatte Hilfe. Es ist noch nicht bestätigt, aber wir glauben, dass FN-zwei-eins-acht-sieben ihm bei der Flucht geholfen hat ..."

Kylo Ren riss den Griff seines Lichtschwerts vom Gürtel, zündete die Klinge und schwang die Waffe über dem Kopf. Mitaka schloss die Augen, doch es war nicht der Lieutenant, der die glühende Klinge zu spüren bekam. Stattdessen hieb Ren auf alles rings um ihn herum ein: Er hackte Konsolen entzwei, schnitt durch Wände, schlug Löcher in den Boden. Nachdem er sich abreagiert hatte, deaktivierte der Maskierte sein Schwert und hängte es wieder an den Gürtel. „Sonst noch was?"

Mitaka schluckte. „Die beiden waren in Begleitung einer Frau."

Die Worte waren wie ein Funke, der in ein Ölfass fällt. Sie ließen Kylo Rens Zorn erneut auflodern, und er packte Mitaka grob am Kragen. „Welche Frau?"

Poe Dameron war gestorben – oder zumindest fühlte er sich so. Er humpelte durch eine Salzebene in der Wüste von Jakku. Ohne seine Fliegerjacke war seine Haut bereits völlig von der Sonne verbrannt. Es gab keinen Teil seines Körpers, der nicht schmerzte, wund oder von Schnitten übersät war. Zu beiden Seiten ragten hohe Dünen auf, vom Wind in scharfe Wellenform geblasen. Manchmal boten sie ihm Schatten, aber oft wehte ihm der Sand auch in die Augen und in seinen ohnehin schon trockenen Mund. Das einzig Gute, was er an der Situation finden konnte, war, dass er noch lebte. Nun, mehr oder weniger zumindest.

Er hatte keine Ahnung, wie lange er so durch die Einöde stolperte oder welche Entfernung er dabei zurücklegte. Vage erinnerte er sich daran, dass er sich den Kopf angeschlagen hatte, als der TIE-Jäger von heftigem Feindbeschuss durchgeschüttelt worden war. Als er wieder das Bewusstsein erlangt hatte, waren sie bereits auf Kollisionskurs mit einem Planeten gewesen. Instinktiv hatte er das Steuer zurückgerissen, um den Sturzflug des TIEs so weit abzubremsen, dass sie beim Aufprall nicht in tausend Teile zerschellten. Aus Sorge, dass die Treibstofftanks explodieren könnten, war er sofort nach der Bruchlandung aus der Maschine gekrochen. Seine Fliegerjacke war an einem verbogenen Stück Metall hängen geblieben, und er hatte sie zurückgelassen.

Doch er war nicht allein im Cockpit gewesen. Da war noch jemand anders – ein Sturmtruppler, dem Poe einen richtigen Namen gegeben hatte. „Finn …?“, rief er. „Finn … Finn!“

Natürlich erhielt er keine Antwort. Es gab nicht einmal ein Echo. Der Sand verschluckte seine Rufe. Vermutlich hatte der Junge seinen Schleudersitz benutzt. Je nachdem, wann und wo er aus dem TIE-Jäger katapultiert worden war, könnte er also viele Kilometer oder nur wenige Schritte entfernt sein. Poe würde es vermutlich nie erfahren.

Ebenso wenig würde er erfahren, was mit seinem Droiden BB-8 geschehen war. Doch falls irgendjemand schlau genug war, einen Weg fort von diesem Wüstenplaneten zu finden, dann sein kleiner mechanischer Freund. Ja, der Astromech würde die Mission zu Ende bringen. Zumindest dieser Gedanke schenkte Poe ein wenig Trost.

Schade nur, dass er es vermutlich nicht mehr miterleben würde. Die Sonne brannte erbarmungslos auf ihn herab. Dameron leckte sich den Schweiß von den Lippen und stapfte weiter.

# 9. KAPITEL

Es war der Motivator. Finn stand über das Loch im Boden des Gemeinschaftsraums gebeugt und reichte Rey die Hydrospanner, Harris-Schlüssel und anderen Werkzeuge, die sie für die Reparaturen brauchte. Die meisten der Gaslecks hatte sie inzwischen versiegelt, aber noch war sie nicht mit ihrer Arbeit fertig.

„Wie sieht's aus?", rief er zu ihr nach unten.

„Wenn wir überleben wollen, nicht gut!", kam ihre Antwort.

„Die machen Jagd auf uns. Wir müssen schnellstmöglich aus diesem System verschwinden", meinte Finn.

Rey streckte den Kopf durch die Öffnung. „Bebe-Acht sagt, den Aufenthaltsort des Widerstands kennen nur wenige. Wenn ich euch beide hinfliegen soll, sollte ich zu denen gehören." Sie verschwand wieder im Inneren des Schiffs und hämmerte weiter auf den Motivator ein.

Finn musste den Stützpunkt ebenfalls in Erfahrung bringen – die Basis des Widerstands war vermutlich der einzige Ort, wo die Erste Ordnung nicht an ihn herankommen konnte. Also drängte er den Droiden, es ihm zu verraten. Leider schien BB-8 ihm nicht zu trauen. Das war zumindest die Schlussfolgerung, die Finn aus dem Tonfall des Astromechs zog. „Du hast mich gerade beschuldigt, gar nicht zum Widerstand zu gehören, richtig?", fragte er.

Die Kuppel des Droiden wippte in der Imitation eines Nickens vor und zurück.

Finn musterte die Maschine. Poe hatte sein Leben riskiert, um zu dieser seltsamen kugelrunden Einheit zurückzukehren, und er nahm das als Zeichen, dass er ihr die Wahrheit anvertrauen konnte. „Na gut, mal ganz unter uns", flüsterte er, damit Rey ihn nicht hören konnte. „Ich bin nicht beim Widerstand. Ich versuche nur, vor der Ersten Ordnung zu fliehen. Aber wenn du uns sagst, wo die Basis ist, dann bringe ich dich vorher dorthin. In Ordnung?"

BB-8s Radarauge starrte ihn an, aber der Droide schwieg.

Reys Kopf tauchte wieder auf. „Den Pilex-Schrauber, schnell!" Während Finn zum Werkzeugkasten hinüberging, wandte sie sich an den Droiden. „Also, wo ist eure Basis?"

Auch jetzt schwieg der Astromech, während Finn nach dem Werkzeug suchte. „Komm schon, Bebe-Acht, sag's ihr!"

Das Radarauge wanderte von einem Menschen zum anderen, dann piepste die Einheit kurz irgendetwas.

„Das Ileenium-System?", fragte Rey.

Finn entdeckte den Pilex-Schrauber und reichte ihn der jungen Frau. „Ja, das Ileenium-System, das ist es." Er bemühte sich, so zu klingen, als hätte er das die ganze Zeit über gewusst. „Flieg uns so schnell dorthin, wie du kannst."

„Falls ich das Schiff wieder zum Laufen kriege, bringe ich euch nach Ponemah, aber weiter kann ich nicht fliegen."

„Und was ist mit dir?"

Sie blickte ihn an, als wäre das eine selten dumme Frage. „Ich muss wieder zurück nach Jakku."

„Zurück nach Jakku?! Wieso wollen alle immer zurück nach Jakku?"

Die Innenbeleuchtung des Frachters flackerte, und die Diskussion über Jakku wurde mit einem Mal zweitrangig.

Es war nicht der Motivator. Rey fand heraus, dass etwas anderes für ihr aktuelles Problem verantwortlich war. Etwas viel, viel Schlimmeres. Die Cockpitkonsole war tot, keine der Kontrollen reagierte mehr. Die Triebwerke waren verstummt, die Lichter gedämpft und die Waffensysteme eingefroren. Jemand hatte aus der Ferne die Kontrolle über den Frachter übernommen und ihn lahmgelegt. Rey fühlte sich selbst wie gelähmt, als sie im Pilotensessel saß und durch die Cockpitscheibe nach draußen starrte. Ein Traktorstrahl von einem gewaltigen Raumschiff zog sie rückwärts durch die Schwärze des Alls.

Finn kletterte wieder von seiner Aussichtsposition herunter und setzte sich neben sie. „Das ist die Erste Ordnung."

Die Erste Ordnung. Vor diesem Tag war der Name für Rey nur eine Ansammlung von Gerüchten gewesen. „Was sollen wir jetzt machen? Uns muss doch etwas einfallen ..."

„Sterben", murmelte Finn.

Zum wiederholten Male versuchte Rey, die Konsole zu aktivieren – ohne Erfolg. „Sterben kann nicht die einzige Option sein!"

Der Frachter ächzte, als der Traktorstrahl ihn in den Hangar des größeren Schiffs zerrte. Alles schien verloren, bis Finn plötzlich einen Vorschlag machte.

Da ihr nichts Besseres einfallen wollte, erklärte Rey sich einverstanden. Sie nahmen Atemmasken aus dem Ausrüstungsschrank und schlüpften dann mit BB-8 durch das Loch im Deck des Gemeinschaftsbereichs. Finn zog die Bodenplatte über die Öffnung, und Rey begann die Versiegelung wieder aufzubrechen, mit der sie das Gasleck verschlossen hatte. „Denkst du, das hilft gegen die Sturmtruppen?"

„Ja, ihre Masken filtern nur Rauch, aber keine Toxine", erklärte er.

„Ihr Kerle vom Widerstand kennt euch wirklich aus, was?" Zu ihrer Überraschung verzog er seltsam das Gesicht. Eigentlich hatte sie die Worte als Kompliment gemeint.

Unvermittelt wurde die Bordbeleuchtung wieder heller, dann hallte ein mechanisches Klacken durch den Frachter, als die Einstiegsrampe ausgefahren wurde.

„Sie kommen!", flüsterte Finn.

Rey konnte hören, wie die Sturmtruppen an Bord gingen. Ihr blieb nicht genug Zeit, um die Versiegelung aufzubrechen, die sie erst wenige Minuten zuvor angebracht hatte. Somit konnte sie das Gas nicht freisetzen, um die Soldaten zu betäuben. Jetzt blieb ihnen nur noch, lautlos zu verharren und darauf zu hoffen, dass die Sturmtruppen nicht nach geheimen Verschlägen suchten.

Die beiden Gestalten, die an Bord des *Millennium Falken* kamen, waren keine Sturmtruppler, sondern Schmuggler: einer von ihnen alt, menschlich und ein wenig zerzaust, der andere beinahe einen halben Meter größer und deutlich haariger. Sie betraten den Frachter mit einer Mischung aus Vorsicht und Vertrautheit, als wäre es lange her, dass sie zum letzten Mal durch diese Korridore geschritten waren.

Die Farbe an den Wänden war an mehr Stellen abgeblättert, als die beiden in Erinnerung hatten. Sand hatte den Boden abgeschliffen, und zahlreiche Leitungen und Röhren lagen frei. Das Schiff war gealtert, ebenso wie sie. Doch wenn man bedachte, was in der Zwischenzeit alles passiert war, sah der Frachter nicht viel anders aus als zu der Zeit, als sie damit die Galaxis durchstreift hatten.

„Chewie", sagte der alte Mann, „wir sind zu Hause!"

Sein Erster Offizier – mehr ein Ausdruck des Respekts als ein echter Rang – stieß ein triumphierendes Brüllen aus.

Chewbacca war ein Wookiee, ein großes fellbedecktes Wesen, das stark genug war, jemandem den Arm aus der Schulter zu drehen, aber auch intelligent genug, um die modernste Technik zu reparieren.

Vor vielen Jahren hatte Han Solo ihm das Leben gerettet, und da es unter Wookiees in solchen Fällen der Brauch war, hatte Chewbacca geschworen, dem damals noch sehr jungen Mann zu folgen, der ihn gerettet hatte – ob es ihm nun gefiel oder nicht.

Nun war Han nicht mehr jung. Sein Haar war grau und sein Gesicht ebenso faltig wie seine Fliegerjacke zerknautscht. Doch er war weit davon entfernt, sich zurückzulehnen und die Galaxis den Jungen zu überlassen – vor allem jetzt, da er nach Jahren der Suche endlich sein geliebtes Raumschiff wiedergefunden hatte, den *Millennium Falken.*

Es dauerte nicht lange, bis sie die gegenwärtige Besatzung entdeckten. Eine der Deckplatten im Gemeinschaftsbereich lag nicht plan auf. Chewbacca riss sie los, und Han richtete seinen Blaster auf die beiden jungen Menschen – einen Mann und eine Frau – und ihren runden neumodischen Droiden. Die beiden hoben kapitulierend die Hände.

„Wo sind die anderen?“, fragte Han. „Wo ist der Pilot?“

„Das … bin ich“, stammelte das Mädchen.

*„Du?“* Es fiel ihm schwer zu glauben, dass jemand so Junges einen stark modifizierten – und äußerst temperamentvollen – Frachter wie den *Falken* fliegen konnte.

„Wir sind die Einzigen hier“, erklärte das Mädchen.

Chewbacca trat neben Han und knurrte eine Frage.

„Doch, es ist wahr!“, protestierte die Pilotin. „Wir sind die Einzigen an Bord.“

Finn starrte sie aus großen Augen an. „Moment, du kannst dieses Ding *verstehen?“*

„Genauso wie dieses *Ding* dich versteht. Also, Vorsicht, pass besser auf, was du sagst", brummte Han. „Und jetzt kommt raus da!"

Nachdem beide aus dem Loch geklettert waren und den Droiden auf das Deck gehoben hatten, bedachte Solo das Mädchen mit einem neugierigen Blick. „Wo hast du dieses Schiff her?"

„Niima-Außenposten", antwortete sie.

„Jakku? Diese Schrotthalde?"

„Danke sehr!" Finn sah zu der Pilotin hinüber, wie um ein Argument zu bekräftigen. „Es *ist* eine Schrotthalde!"

„Sagte ich nicht, wir hätten die Westlichen Gebiete noch mal prüfen sollen?", wandte Han sich an Chewbacca. Sie hatten gerade in ihrem Frachtschlepper das System durchquert, ohne auch nur einen Blick auf Jakku zu werfen, und allein durch einen glücklichen Zufall hatten die Sensoren ein vertrautes Transpondersignal aufgeschnappt – das des *Falken*. „Wer hatte es? Ducain?"

„Ich hab's gestohlen – von Unkar Plutt", erklärte das Mädchen.

„Wem?"

Sie senkte die Hände. „Er hat's den Irving-Jungs gestohlen, die haben's Ducain gestohlen."

„Und der hat's *mir* gestohlen!", blaffte Han. „Du kannst ihm ausrichten, dass Han Solo sich gerade den *Millennium Falken* zurückgeholt hat."

Den beiden Schiffsdieben klappte ungläubig der Mund auf, während Han seine Pistole wegsteckte und sich mit Chewbacca zum Cockpit aufmachte, das er schon viel zu lange nicht mehr gesehen hatte.

# 10. KAPITEL

Han Solo. Der *Millennium Falke*. Rey wusste nur wenig über die Erste Ordnung, aber sie wusste alles über Solo und sein berühmtes Schiff. Die Händler in Niima hatten ihr Geschichten über seine Abenteuer erzählt, und sie hatte seine legendären Manöver in ihrem Flugsimulator geübt. Hastig eilte sie an die Seite des alten Mannes. „Das ist der *Millennium Falke?!* Sie sind Han Solo?"

Er lächelte schief. „Der war ich früher mal."

BB-8 rollte hinter ihnen her, und Finn schloss ebenfalls zu den anderen auf, um seine eigenen Fragen zu stellen. „Han Solo? Der Rebellengeneral?"

„Nein", sagte Rey. „Der Schmuggler!"

Finn wirkte verwirrt. „Moment, war er nicht ein Kriegsheld?"

Rey erinnerte sich an die Energie, die sie gespürt hatte, als sie auf Jakku zu viel Schub auf die Triebwerke gegeben hatte. Plötzlich ergab alles einen Sinn. „Dieses Schiff machte den Kessel-Flug in weniger als vierzehn Parsecs!"

„Zwölf", korrigierte Han sie. Ihre Zahl entlockte ihm ein abfälliges Schnauben. „*Vierzehn* ... pah!" Doch wirklich verärgert klang er erst, als er die Anzeigen im Cockpit ablas. „Hey! Irgend so ein Moofmelker hat einen Kompressor an die Zündung gestöpselt."

Rey und die anderen folgten ihm ins Cockpit. „Das war

Unkar Plutt. Ich halte das auch für einen Fehler. Das übt zu viel Druck aus auf …"

„… den Hyperantrieb", beendete Solo den Satz.

Die beiden blickten einander an, aber durch die Falten war es für Rey schwer, Solos Miene zu deuten. War er wütend auf sie? Oder beeindruckt? Vermutlich verärgert, schätzte sie, als sie hörte, was er zu seinem haarigen Begleiter sagte. „Chewie, steck sie in die Rettungskapsel. Wir sprengen sie über dem nächsten bewohnten Planeten ab."

„Warten Sie! Nein! Wir brauchen Ihre Hilfe!" Rey sah auf BB-8 hinunter. „Dieser Droide muss so schnell wie möglich zum Stützpunkt des Widerstands! Er hat eine Karte bei sich, die zu Luke Skywalker führt."

Der Name hatte eine sichtbare Wirkung auf Han. Die harten Linien seines Gesichts wurden weicher, sein Blick schweifte in die Ferne. In Reys Augen wirkte er kurz wie ein bedrückter alter Mann.

„Sie sind *der* Han Solo, der an der Seite der Rebellen kämpfte", sagte Finn. „Sie haben ihn gekannt."

„Ihn gekannt?" Solo holte tief Luft. „Ja, ich kannte Luke."

Ein lautes Klirren draußen im Hangar des Schleppers hallte durch den *Falken*. Der Schleier vor Hans Zügen löste sich auf, und die grimmige Härte kehrte zurück. „Es hat sich doch wohl nicht einer der Rathtare losgerissen?", murmelte er an Chewbacca gewandt.

„Warten Sie – was? Sagten Sie gerade Rathtare?", fragte Finn.

Solo und der Wookiee eilten aus dem Cockpit. Rey hatte keine Lust zurückzubleiben, ebenso wenig wie Finn und BB-8. Also folgten sie den beiden die Rampe des *Falken* hinunter in den Hangar.

Finn fand den Atem für eine weitere Frage, während sie

hinter Han und Chewbacca durch den Hauptkorridor des Schiffs hasteten. „Sie haben doch keine Rathtare auf diesem Frachter, oder?"

„Tja, mein Junge, was soll ich sagen? Wir haben Rathtare auf diesem Frachter."

Im Cockpit angekommen, trat Solo vor eine der Konsolen, und ein dreidimensionales Hologramm des Großfrachters erschien in der Luft. Sie konnten sehen, dass ein kleineres Schiff mit spitz zulaufendem Bug daran angedockt hatte. „Das sind die Guavianischen Todesbringer. Die müssen uns von Nantoon aus gefolgt sein." Der Wookiee grummelte. „Das ist kein gutes Zeichen. Ich hasse es, wenn so was passiert."

„Was?", wollte Finn wissen.

„Wenn uns jemand findet, der uns töten will." Han und der Wookiee verließen das Cockpit, und ihre Gäste mussten sich beeilen, um mitzuhalten, als sie wieder durch den Korridor rannten.

Endlich hatte Rey Gelegenheit, Finn etwas zu fragen, was ihr schon seit ein paar Minuten unter den Nägeln brannte. „Was sind Rathtare?"

Er blickte sie an. „Schon mal was vom Trillia-Massaker gehört?"

„Nein."

„Gut", sagte er.

„Ich hab drei davon – die sind für König Prana", prahlte Han.

„Drei?" Finn schüttelte den Kopf. „Wie haben Sie die an Bord gekriegt?

„Sagen wir einfach, ich hatte mal eine größere Mannschaft." Solo blieb im Korridor stehen und drückte eine verborgene Taste an der Wand, woraufhin ein Teil des Bodens aufklappte und eine Leiter zum Vorschein kam. „Geht runter und bleibt da, bis ich euch rufe."

„Was ist mit BB-8?", fragte Rey.

„Der bleibt bei mir", erklärte Han. „So lange, bis ich die Bande los bin. Dann könnt ihr ihn haben und verschwinden."

Finn wartete, während Rey die Leiter hinabstieg. „Was ist mit den Rathtaren? Wo sind die untergebracht?"

Ein heftiges Donnern erschütterte den Gang, und hinter einer dicken Transparistahlscheibe auf der backbordseitigen Wand klackten runde Reihen von Zähnen zusammen, groß genug, um selbst einen Wookiee zu verschlingen.

Han lachte. „Nun, da ist schon mal einer."

Erneut rammte die Kreatur ihren Körper gegen die Wand.

„Jetzt runter mit dir!", befahl Solo.

Hastig kam Finn der Aufforderung nach.

Rey trat zurück und blickte zu Han hoch. „Und was werden Sie machen?"

„Dasselbe, was ich immer tue", erwiderte er. „Mich da irgendwie rausreden."

Chewbacca verdrehte die Augen und grollte. Anschließend eilten Solo und der Wookiee weiter den Gang entlang, wobei sie einige stichelnde Kommentare austauschten. BB-8 rollte mit leisem Piepen hinter ihnen her. Kurz blickte sein Radarauge noch zu Rey zurück, dann schloss sich die Bodenluke.

Han, Chewbacca und der Droide waren nur ein paar Schritte weit gekommen, als sie auf ihre unerwünschten Gäste stießen. Eine Tür öffnete sich, und hindurch traten sechs Mitglieder der Guavianischen Todesbringer. Fünf von ihnen waren einfache Sicherheitssoldaten, bewaffnet mit Erschütterungskanonen, gekleidet in fleckige blutrote Uniformen mit schwarzen Beinschienen und Schulterplatten. Ein dunkler Kreis prangte vorn in der Mitte ihrer polierten roten Helme. Auf dem Ledermantel und den schweren Stiefeln des sechsten Todesbringers war hingegen keinerlei Farbe zu sehen. Er war der Anführer der Gruppe, und da er keinen Helm trug, waren sein braunes Haar und sein Gesicht zu sehen – ein Gesicht, das viel zu jung für einen Berufskriminellen wirkte. Dass dieser Eindruck täuschte, wurde durch die Erschütterungskanone belegt, mit der er auf Solo und Chewie zielte.

„Ich mach das schon", flüsterte Han seinem Freund zu. Der Wookiee schnaubte, wie immer, wenn Solo einen Alleingang startete. Das war Teil ihrer Routine – es wäre nicht dasselbe, wenn er es nicht täte.

BB-8 rollte zu Chewbacca und versteckte sich hinter seinen pelzigen Beinen.

Der Anführer der Todesbringer machte unterdessen einen Schritt nach vorn. „Han Solo, du bist ein toter Mann!"

Solo hieß ihn mit einem Lächeln willkommen. „Bala-Tik, wo liegt denn das Problem?"

Bala-Tik erwiderte das Lächeln nicht. „Werde ich dir sagen. Wir haben dir fünfzigtausend für diesen Job geliehen."

„Und ihr werdet einen fürstlichen Profit herausschlagen."

„Aber wie ich hörte, hast du dir ebenfalls fünfzigtausend von der Kanjiklub-Bande geborgt", schob der Anführer der Todesbringer nach.

„Wer hat dir denn das erzählt?"

„Kanjiklub."

„Ach, komm schon! Du weißt, dass man diesen kleinen Gaunern nicht vertrauen kann." Solo atmete aus und setzte erneut seinen wärmsten, freundlichsten Tonfall ein. „Bala, wie lange kennen wir uns jetzt schon?"

„Die Frage ist, wie viel länger werden wir uns noch kennen? Bei deinen Ausflüchten dürfte das nicht mehr allzu lang sein", drohte Bala-Tik. „Wir wollen unser Geld zurück – sofort!"

„Denkst du, Rathtare zu jagen, ist billig? Ich hab's ausgegeben!"

„Kanjiklub will seine Investition auch wiederhaben."

„Ich habe niemals ein Geschäft mit Kanjiklub gemacht."

„Wieso sagst du es ihnen nicht selbst?"

Ein zweiter Durchgang öffnete sich hinter Chewbacca und Han. Dahinter kam eine bunt zusammengewürfelte Gruppe von Schlägern zum Vorschein, von denen keiner wie ein kleiner Gauner aussah. Mit ihren Augenklappen, schmutzigen Jacken und ihrem Sammelsurium tödlicher Waffen erinnerten sie vielmehr an Piraten.

Der Wookiee knurrte, als der Anführer dieses zweiten Enterkommandos nach vorn trat. Er hatte olivfarbene Haut, einen schmalen Schnurrbart und einen schneidenden Blick.

Han begegnete ihm mit demselben vorgetäuschten Lächeln, das er auch den Guavianischen Todesbringern geschenkt hatte. „Tasu Leech! Schön, dich zu sehen."

Der Angesprochene spuckte mehrere Worte in einer Sprache aus, die Solo nicht verstand, aber sein Tonfall sprach Bände: Er wollte Han und Chewbacca tot sehen. Leech hob sein mit einem Bajonett versehenes Gewehr.

Bala-Tik stellte sich ihm jedoch ins Schussfeld. „Diese BB-Einheit ...", sagte er zu Solo, während er den Droiden musterte. „Die Erste Ordnung ist auf der Suche nach genau so einer – und zwei Flüchtigen."

„Davon hör ich zum ersten Mal", entgegnete Solo. Als ein lautes Scheppern die Unterhaltung unterbrach, verzog er das Gesicht. Was trieben diese beiden Kinder nur da unten?

Leechs Stellvertreter, ein skrupelloser Gauner namens Razoo Qin-Fee, befahl seinen Begleitern, das Schiff zu durchsuchen.

„Wo hast du den Droiden her?", hakte Bala-Tik nach.

„Er gehört mir", sagte Solo nur.

„Wir nehmen ihn mit", erklärte der Anführer der Todesbringer. „Und unser Geld ebenfalls."

Razoo wiederholte Leechs Drohung und fügte hinzu, dass Solo entscheiden könne, ob er ihnen den Droiden geben würde oder ob sie ihn seiner Leiche abnehmen würden.

Einen Moment später begann das Licht zu flackern, und das konstante Surren der Maschinen ringsum wurde übertönt von einem lauten Krachen und Klirren, das durch den Korridor hallte.

„Ich hab ein ganz mieses Gefühl", murmelte Han.

Finn hatte ein mieses Gefühl bei der Sache. Er und Rey waren durch die Wartungsgänge in einen Lüftungsschacht gekrochen, wo sie hören und teilweise auch sehen konnten, was draußen im Korridor vor sich ging. Um sich einen besseren Überblick zu verschaffen, war Rey auf eine Stützstrebe geklettert, aber die war unter ihrem Gewicht eingeknickt, und das Geräusch war laut genug gewesen, um die Mitglieder der Kanjiklub-Bande zu alarmieren. Nun begannen die Gangster, das Schiff zu durchsuchen. Doch im Moment waren sie Finns geringstes Problem.

Rey machte sich an einem Sicherungskasten zu schaffen, der sowohl die Beleuchtung als auch die Panzertüren des Schiffs kontrollierte. Ihr Plan war es, die Türen zu schließen und die Eindringlinge im Korridor einzusperren. Doch dann gab sie plötzlich ein unheilvolles „Oh nein!" von sich. Die Lichter über ihnen flackerten, aber die Panzertüren rührten sich keinen Zentimeter.

„Oh nein – was?“, fragte Finn.

„Das waren die falschen Sicherungen.“

Das schreckliche Geräusch, das darauf folgte, machte klar, dass es tatsächlich die falschen Sicherungen gewesen waren. Anstatt sämtliche Panzertüren des Schiffs zu schließen, hatte Rey sie geöffnet – und dadurch freigelassen, was an Bord eingesperrt gewesen war.

„Die Rathtare“, flüsterte Finn mit einem lauten Schlucken.

Er kroch hinter Rey durch den Schacht. Falls sie überleben wollten, mussten sie so weit wie nur möglich von den Rathtaren fort, und der *Millennium Falke* schien im Moment ihre beste Option zu sein. Er wünschte, dass sie Han und Chewbacca mitnehmen könnten, aber dem Geschrei über ihnen nach zu schließen, würde das wohl nicht möglich sein.

„Neuer Plan!“, rief der Mann, den Solo Bala-Tik genannt hatte. „Knallt sie ab und schnappt euch den Droiden!“

Blaster jaulten, gefolgt von Schmerzensschreien.

Finn verzog das Gesicht. Diese Geräusche hatte er während der letzten Tage eindeutig zu oft gehört. Doch die Schreie hielten an, zu laut und mehrstimmig, um nur von einem corellianischen Schmuggler und einem Wookiee zu stammen. Die Rathtare!

Finn hob die erste Wartungsluke an, die sie erreichten, und kletterte nach oben. Da er weder Leute noch Monster entdecken konnte, half er Rey aus dem Schacht und wies ihr dann den Weg. „Zum *Falken* geht es dort lang.“

„Bist du sicher?“

„Nein“, gestand er, aber sie rannten trotzdem dorthin.

„Wie sehen diese Rathtare aus?“, wollte Rey wissen.

„Schrecklich“, antwortete Finn. Er bog um eine Ecke und wich sofort wieder zurück. „Genau so sehen die aus!“

Rey erstarrte und presste sich die Hand auf den Mund. Jenseits der Ecke kämpfte ein rundliches pulsierendes Monstrum mit zahlreichen Tentakeln gegen einen der Gangster, aber es war ein ungleicher Kampf. Die Blasterschüsse des Mannes prallten von den augenartigen Auswölbungen auf dem Körper der Bestie ab und schienen sie nur noch wütender zu machen. Die Tentakel des Rathtars umschlangen den kreischenden und sich windenden Ganoven und zerrten ihn auf das gewaltige Maul zu.

Finn packte Rey und zog sie hinter sich her, als er in die Richtung zurückrannte, aus der sie gekommen waren. Doch Rathtare waren offensichtlich schneller als Menschen, und schon nach wenigen Schritten spürte Finn, wie ein Tentakel nach ihm griff. Er kämpfte verzweifelt dagegen an, er trat und biss und schlug. Doch der Fangarm schlang sich nur noch fester um seine Hüfte und zog ihn auf den Schlund der Bestie zu. Wie der Ganove vor ihm, wie die armen Teufel, die beim Trillia-Massaker gestorben waren, würde er von messerscharfen Zähnen zermalmt werden. Finn hörte seine eigenen Schreie nicht. Alles, was er hörte, war Rey, wie sie seinen Namen rief.

„Finn!" Rey schrie seinen Namen zweimal, als der Rathtar um die Ecke verschwand und den jungen Mann dabei mit sich zerrte. Sie rannte hinter ihm her, aber einmal mehr erwies sich die Kreatur als zu schnell. Offenbar wollte sie ihre Mahlzeit in Ruhe genießen.

Rey hielt inne, als sie an einer Tür ein Zeichen entdeckte. Sie drückte den Öffner und betrat den sekundären Kontrollraum des Frachters. Ihre Schritte führten sie geradewegs zu den Überwachungsmonitoren. Einer von ihnen zeigte einen Korridor, in dem ein um sich schlagender Finn gerade hinter einem abscheulichen Monster hergezerrt wurde.

Als der Rathtar die nächste Kreuzung erreichte, berührte Rey die Konsole unter den Bildschirmen. Diesmal gab es keine falschen Sicherungen, die sie auslösen konnte. Die Panzertür sauste von der Decke herab und durchtrennte die Tentakel, die Finn umschlungen hielten.

Die Audioempfänger übertrugen das Kreischen des verwundeten Rathtars in den Kontrollraum, aber Rey konzentrierte sich ganz auf die andere Seite der Panzertür, wo Finn sich von den Überresten der Fangarme befreite. Sie prägte sich seine Position ein und rannte los.

Als sie ihn erreichte, blickte Finn sie zitternd und keuchend an. „Die Tür … sie ging … genau dann zu …"

„Du hast Glück gehabt", sagte sie.

Han ging hinter einem Kistenstapel in Deckung und blickte zu seinem Schatz hinüber. Der *Millennium Falke* stand vom Chaos ringsum unbeeindruckt am anderen Ende des Hangars. Blasterstrahlen zuckten aus dem Korridor und trafen die Kisten. Eine Gruppe aus Todesbringern und Kanjiklubbern schoss auf sie. Solo erwiderte das Feuer ebenso wie Chewbacca, der mit seinem Bogenspanner – einer mächtigen Wookiee-Waffe – neben ihm kniete. BB-8 konnte dieser Art von Distanzangriffen nichts entgegensetzen, darum quetschte er sich Schutz suchend zwischen Solo und Chewie.

Han schätzte die Entfernung zu seinem alten Schiff. Es war nicht sehr weit. Das Problem war nur, dass sie keinen Schutz vor dem Feuer der überlebenden Gangster hatten. Trotzdem musste er es versuchen. „Ich öffne die Tür", sagte er zu dem Wookiee. „Gib uns Deckung." Dann deutete er mit dem Finger auf den Droiden und signalisierte ihm mitzukommen. Er rannte auf den *Falken* zu, geradewegs durch das Schussfeld ihrer Verfolger.

Rey führt ein einsames Leben als Schrottsammlerin auf dem Wüstenplaneten Jakku.

Finn dient zunächst als Sturmtruppler der Ersten Ordnung, doch dann entscheidet er sich für einen anderen Weg.

Sein Droide BB-8 ist klein, aber mutig.

Kylo Ren glaubt an die Macht der Ersten Ordnung.

Captain Phasma und die Strumtruppler der Ersten Ordnung zerstören das Dorf, in dem Lor San Tekka auf Jakku wohnt.

Kylo Ren nutzt im Kampf gegen den Widerstand die dunkle Seite der Macht.

Rey belädt ihren Gleiter, den sie selbst aus gesammelten Schrottteilen zusammengebaut hat.

Schrotthändler Unkar Plutt ist ein schwieriger Handelspartner. Aber Rey muss mit ihm klarkommen, denn sie braucht Wasser und Nahrung.

Rey rettet BB-8 vor einem schrottsammelnden Teedo.

Finn rettet Poe aus den Fängen Kylo Rens an Bord des Sternenzerstörers *Finalizer*.

Finn und Rey schließen sich zusammen, um BB-8 dabei zu helfen, wichtige Informationen zum Widerstand zu bringen.

TIE-Jäger verfolgen den *Millennium Falken* durch den Schiffsfriedhof auf Jakku.

Han Solo und Chewbacca freuen sich darüber, dass sie wieder an Bord des *Falken* sind.

In Maz Kanatas Schloss auf Takodana gibt es viele – und möglicherweise auch sehr gefährliche – Kreaturen.

Han, Chewie und Finn werden von der Ersten Ordnung gefangen …

… aber Poe und die anderen Piloten des Widerstands kommen ihnen zu Hilfe.

General Leia Organa leitet den Widerstand von einer versteckten Basis auf D'Qar aus.

Kylo Ren zündet sein speziell modifiziertes Lichtschwert, um gegen Rey und Finn zu kämpfen.

Rey muss den Schrott abgestürzter Raumschiffe einsammeln, um auf dem Planeten Jakku zu überleben.

Auf Jakku gibt es viele Raumschiffswracks, die alle von einer großen Schlacht zwischen dem Imperium und der Allianz stammen.

Poe Dameron erhält wichtige Informationen von Lor San Tekka.

BB-8 muss eine wichtige Mission erfüllen.

General Hux ist der Kommandant des Sternenzerstörers *Finalizer* und der Ersten Ordnung treu ergeben.

Strumtruppler führen jeden Befehl der Ersten Ordnung ohne zu zögern aus.

Rey, Finn und BB-8 versuchen Sturmtrupplern auf dem Außenposten Niima auf Jakku zu entkommen.

Guavianische Todesbringer wollen Han Solos Schulden eintreiben und sie sind nicht zu Späßen aufgelegt.

Captain Phasma ist eines der gefährlichsten Mitglieder der Ersten Ordnung.

Sturmtruppler der Ersten Ordnung haben sich versammelt, um den Einsatz der Hauptwaffe der Starkiller-Basis zu beobachten.

Rey und BB-8 entdecken etwas Ungewöhnliches am Himmel über Takodana.

Finn und Poe treffen sich auf einer Basis des Widerstands wieder.

Leia und Han sind wieder vereint – doch für wie lange?

C-3PO macht sich Sorgen um R2-D2. Der kleine Droide schweigt, seit Luke Skywalker verschwunden ist.

Ein X-Flügler des Widerstands feuert beim Luftkampf auf Takodana auf einen TIE-Jäger.

BB-8 an Bord von Poes X-Flügler.

Finn schwingt Luke Skywalkers Lichtschwert in einem Duell gegen Kylo Ren.

Chewbacca leerte unterdessen seinen halben Munitionsgurt, während er Plasmabolzen um Plasmabolzen in den Korridor jagte.

Solo und BB-8 erreichten den *Falken* unversehrt, und nachdem der Schmuggler die Luke geöffnet hatte, sank die Einstiegsrampe nach unten. Nun begann er selbst für Feuerschutz zu sorgen. „Chewie! Komm schon!"

Mit einem Brüllen stürmte der Wookiee auf den Frachter zu. Dank seiner weit ausholenden Schritte legte er die Distanz doppelt so schnell zurück wie Han. Dennoch war er nicht schnell genug. Ein Blasterschuss traf Chewbacca an der Schulter, und er stürzte zu Boden.

Han wies BB-8 an, die Rampe hochzurollen, er selbst griff nach Chewies Bogenspanner und stürzte sich wieder ins Gefecht. Er schoss den Guavianer nieder, der seinen Freund verwundet hatte. Dann mobilisierte er jedes bisschen Muskelkraft, um Chewbacca auf die Beine zu helfen. Gemeinsam stolperten sie auf den *Falken* zu, wobei Han weiter auf die Gangster feuerte. Im Gegensatz zu seinen Gegnern war Solo ein ausgezeichneter Schütze. Er dünnte die Reihen der Guavianer aus und hielt sie auf Abstand, bis er und Chewie sicher an Bord des Frachters waren.

„Han!", rief eine weibliche Stimme. Die junge Frau und ihr Freund rannten ihnen entgegen.

„Schließ die Luke hinter uns", befahl er dem Mädchen, dann schob er seinen Freund auf Finn zu. „Und du kümmerst dich um Chewie."

Der junge Mann wäre um ein Haar die Rampe hinuntergestürzt, als sich der schwere Wookiee auf ihn stützte. „Wie soll ich das denn machen?"

Während Chewie Anweisungen heulte, rannte Han ins Cockpit. Er ließ sich in den abgewetzten Pilotensessel fallen, legte diverse Schalter um und drehte an Reglern, um den Start vorzubereiten. Obwohl er das Schiff seit Jahren nicht gesehen hatte, bewegten sich seine Finger wie von selbst. Er kannte die Systeme des *Falken* in- und auswendig. In vielen dunklen Nächten war er diese Prozeduren im Kopf durchgegangen, wenn er nicht schlafen konnte. Mit Verzögerung bemerkte er, dass das Mädchen Chewies Platz eingenommen hatte. „He! Was tust du da?"

Sie beugte sich über die Konsole und drückte mehrere Knöpfe. „Unkar hat noch eine Treibstoffpumpe installiert. Wenn die nicht läuft, wird das ein kurzer Flug."

Hans Blick huschte über die Anzeigen. Die Kleine hatte recht. „Ich hasse diesen Kerl."

„Und Sie werden einen Kopiloten brauchen."

Er schnaubte. „Ich habe einen – der jammert da hinten."

Chewbaccas Grollen hallte von seinem Krankenlager nach vorn – Han war aber nicht sicher, ob sein Freund vor Schmerzen brüllte oder aus Ärger über Finns unbeholfene Versuche, ihn zu beruhigen.

„Es ist nur eine Fleischwunde!", rief Finn, aber dadurch machte er seinen haarigen Patienten nur noch wütender.

Solo überzeugte sich davon, dass das Mädchen die Pumpe wirklich aktiviert hatte, dann ließ er die Triebwerke warmlaufen und den Navicomputer mögliche Flugrouten berechnen. „Achte auf den Schub. Wir verschwinden hier mit Lichtgeschwindigkeit ..."

Rey blickte ihn mit sichtlicher Verwirrung an. „Aus dem Hangar raus? Ist das überhaupt möglich?"

Han fuhr an seiner Konsole mit den Startvorbereitungen fort. „Solche Fragen stell ich nicht, solang es mir nicht geglückt ist", brummte er. Er gab es zwar nicht zu, hatte aber ebenso große Zweifel an seinem Plan wie das Mädchen.

Doch ihnen blieb keine andere Wahl, und das wurde umso klarer, als ein Rathtar aus dem Korridor sprang und auf dem Frachter landete. Binnen Sekunden war er über die Außenhülle gekrochen und schlang seine Tentakel um das Cockpit. Die junge Frau schrie, als die Kreatur sich durch die Scheibe zu nagen versuchte und sie dabei mit einer Spur aus Schleim überzog.

„Ich dachte an sich, dass dieser Tag anders laufen würde", sagte Solo. „Schilde ausrichten ..."

Rey tippte auf ihrer Konsole herum. „Erledigt."

„Festhalten da hinten!", rief Han seinen anderen Passagieren zu.

„Kein Problem!", meldete Finn.

Han gab dem Navicomputer noch eine Sekunde, um seine Berechnungen zu beenden, dann griff er nach dem Hyperantriebsregler. „Komm schon, Baby! Lass mich bloß nicht im Stich." Er zog den Hebel zurück.

Ein wimmerndes Geräusch erklang, aber sie rührten sich nicht vom Fleck. Der *Falke* verharrte reglos auf seinem Platz im Hangar. Die Zähne des Rathtars klackten unterdessen weiter gegen die Cockpitscheibe.

„Was?", entfuhr es Solo. Falls Plutt an seinem Hyperantrieb herumgepfuscht hatte, würde er persönlich nach Jakku fliegen und diesem Hohlkopf den Hals umdrehen.

„Der Kompressor", sagte das Mädchen.

Natürlich – dieser Moofmelker hatte einen Kompressor an die Zündung angeschlossen. Han streckte die Hand aus, und sein finsterer Blick verwandelte sich in ein Grinsen, als er dem Mädchen wortlos Respekt zollte. Solo griff ein zweites Mal zum Hebel.

# 11. KAPITEL

Der überstürzte Sprung in den Hyperraum schleuderte Finn durch die Gegend, aber er kam ohne größere Blessuren davon. Ob er die Behandlung des verwundeten Wookiees ebenfalls heil überstehen würde, stand hingegen auf einem anderen Blatt.

Jedes Mal, wenn er Chewbacca eine Injektion verabreichte oder ihm einen Verband anzulegen versuchte, grollte sein Patient und schüttelte ihn mit solcher Gewalt, dass er glaubte, seine Arme würden abfallen.

„Chewie, lass mich los! Hilf mir, in Ordnung?"

Der Wookiee knurrte und schloss seine Finger nur noch fester um Finn. Als wäre das nicht genug, begannen im ganzen Schiff Alarmsirenen loszuheulen.

Der ehemalige Sturmtruppler drehte den Kopf in Richtung des Durchgangs und rief, so laut er konnte: „Ich brauche Hilfe mit diesem Pelzknäuel!"

Han knurrte ebenfalls, als er den Kopf zu ihnen hineinsteckte. „Tust du Chewie weh, zieh ich dir das Fell über die Ohren."

„Ich tu ihm weh? Er hätte mich fast getötet – sechsmal!", beschwerte sich Finn, woraufhin Chewbacca sein Hemd packte und grollte. „Was … absolut in Ordnung ist", stammelte er.

Han eilte weiter, um nach dem Grund für den Alarm zu

suchen. Dabei murmelte er irgendetwas von wegen Hyperantrieb.

Doch so kurz sein Gastspiel auch gewesen war, es schien Chewie beruhigt zu haben, und Finn schaffte es, ihm die Schulter zu verbinden, ohne dabei selbst irgendwelche Gliedmaßen zu verlieren.

Als die Alarme verstummten, kehrte Solo zu ihnen zurück. Finn beschloss, ihm aus dem Weg zu gehen, und beugte sich stattdessen über den Holoschachtisch. Chewbacca brummte etwas, das wie eine Entschuldigung klang.

„Nein, sag doch so was nicht! Er hat das toll gemacht", sagte Han. Nachdem er den Verband überprüft hatte, warf er einen kurzen Blick über die Schulter. „Gute Arbeit, Kleiner. Danke!"

Finn zögerte, überrascht von dieser Reaktion. „Gern geschehen."

Holografische Schachfiguren materialisierten auf dem Spielfeld und gaben ihrer Spezies entsprechend leise Geräusche von sich. Verlegen suchte Finn nach dem Ausschalter. Dass er ihn nicht finden konnte, schien Solo zu amüsieren. „Also, ihr beide seid auf der Flucht, hm?"

Finn neigte den Kopf in Richtung BB-8. „Die Erste Ordnung will uns alle töten, um an die Karte im Droidenhirn des Kleinen da zu kommen." Seine Finger ertasteten einen Schalter, und die Schachfiguren verblassten.

Rey kam herein und deutete auf Finn und den Droiden. „Die beiden gehören zum Widerstand – und ich gehöre zu ihnen."

Han musterte erst Finn, dann das Mädchen, bevor er sich schließlich BB-8 zuwandte. „Dann lass mal sehen, was du hast."

Der Astromech richtete eine Linse an seiner Kuppel aus

und projizierte eine dreidimensionale Karte der Galaxis in die Luft. Finn starrte auf Welten, Sonnensysteme und Sternennebel, die er noch nie zuvor gesehen hatte.

Solo malte mit dem Finger eine unsichtbare Linie durch die Karte. „Damit kann man nichts anfangen. Die Karte ist ein Teilstück."

Finn kniff die Augen zusammen. Ja, da waren Sternenhaufen, die nicht zusammenpassten, und dunkle Stellen, die eigentlich mit Planeten und Sonnen gefüllt sein sollten.

„Seit Luke damals verschwunden ist, suchen wir nach ihm", murmelte Han.

„Warum ist er fortgegangen?", wollte Rey wissen.

Der alte Schmuggler atmete hörbar aus. „Er bildete eine neue Generation von Jedi aus. Ein Junge – ein Schüler – wandte sich gegen ihn. Er machte alles zunichte." Die Erinnerung schien die Zahl der Falten in seinem Gesicht zu verdoppeln. „Luke fühlte sich schuldig. Er hat dann einfach alles hinter sich gelassen."

Das war nicht die Geschichte, die die Erste Ordnung ihren Soldaten erzählte. „Wissen Sie, was aus ihm geworden ist?"

„Es gibt eine Menge Gerüchte", meinte Solo. „Manche Leute, die ihn gut kannten, sind der Meinung, dass er sich auf die Suche nach dem ersten Jedi-Tempel gemacht hat."

Rey riss die Augen auf. „Die Jedi gibt es wirklich?"

„Das habe ich mich damals auch gefragt. Ich dachte immer, es wäre ausgemachter Mumpitz. Ein mystisches Energiefeld, das Gut und Böse zusammenhält, die Dunkle Seite und die Helle …? Lächerlich!" Han schüttelte den Kopf und schmunzelte. „Das Verrückte daran ist, es ist wahr – die Macht, die Jedi, einfach alles … Es ist alles wahr."

Finns Kopf schmerzte. Sein Verständnis des Universums brach gerade auseinander. Gab es die Jedi und die Macht tatsächlich? Hatte die Erste Ordnung sie alle angelogen? Er bezweifelte, dass ein mit allen Wassern gewaschener Schmuggler wie Han Solo irgendeinem Mythos aufsitzen würde. Nein, wenn er das alles für real hielt, dann musste er einen Beweis dafür gesehen haben.

Solos nächste Worte räumten jeden Zweifel aus. Er bestätigte, was Finn zuvor gesagt hatte. „Die Erste Ordnung wird uns alle töten, um diese Karte in ihren Besitz zu bringen."

Doch falls sie Kylo Ren in die Hände fielen, überlegte Finn, wäre der Tod vermutlich noch das gnädigste Schicksal.

Kylo Ren stand gemeinsam mit General Hux im großen Kommandoraum des geheimen militärischen Außenpostens, den die Erste Ordnung die Starkiller-Basis nannte. Zu dieser späten Stunde taten keine Techniker und Offiziere hier noch Dienst, die beiden konnten sich also ungestört mit dem Obersten Anführer Snoke unterhalten. Sein Hologramm schimmerte über einem erhöhten Podium: eine dürre Gestalt auf einem Thron, die Fingerspitzen aneinandergelegt. Das wenige an Haut, das unter seiner Robe sichtbar war, hatte einen fahlen blassrosafarbenen Schein. Narben zeichneten seine Stirn und sein Kinn, und der Winkel, in dem die Nase aus seinem Gesicht stach, deutete darauf hin, dass sie einst gebrochen war. Noch befremdlicher als das war jedoch die Schieflage seiner Augen. Wie zwei dunkle Sterne starrten sie unter seiner Kapuze hervor, das rechte tiefer als das linke. Der Rest seines Körpers war in Schatten gehüllt, was der Autorität, die in seiner Stimme lag, aber nur noch mehr Nachdruck verlieh.

„Der Droide wird schon bald beim Widerstand sein", sagte Snoke, „und das führt sie zum letzten der Jedi, der ihnen als mächtiger Verbündeter zur Seite stehen wird. Wenn Skywalker zurückkehrt, werden sich neue Jedi erheben."

Hux senkte demütig den Kopf. „Oberster Anführer, ich übernehme die volle Verantwortung für ..."

„Ihre Entschuldigungen sind kein Ersatz für eine Strategie, General. Die Situation ist, wie sie ist. Jetzt zählt nur, was als Nächstes geschieht. Unser Vorgehen muss sich nun ändern."

Ren blieb stumm und überließ weiterhin Hux das Reden. „Ich habe einen Vorschlag. Die Waffe – sie ist bereit. Ich glaube, die Zeit ist gekommen, sie einzusetzen."

„Gegen wen?", fragte der Oberste Anführer.

„Gegen die Republik. Wir sollten ihre Regierung auslöschen – das gesamte System. Bei dem Chaos, das zwangsläufig auf einen so verheerenden Angriff folgt, würde der Widerstand zweifelsohne Untersuchungen anstellen. Und dabei würde er ..."

„... sich enttarnen", beendete der Oberste Anführer den Satz.

Hux nickte. „Und falls nicht, können wir davon ausgehen, dass wir sie bereits vernichtet haben."

„Ja ... gewagt, aber gut. Gehen Sie", befahl Snoke. „Beaufsichtigen Sie die Vorbereitungen."

Der General verbeugte sich. „Ja, Oberster Anführer." Anschließend marschierte er aus dem Kommandoraum, sodass Ren nun allein mit dem Hologramm war.

Snokes Stimme nahm einen väterlichen Ton an. „Vor dir ... hatte ich noch keinen Schüler mit so viel Potenzial."

„Es sind Eure Lektionen, die mich stark machen, Oberster Anführer", erwiderte Ren.

„Oh, es ist weit mehr als das. Es sind deine Ursprünge, deine Wurzeln. Die Dunkle Seite ..." Der Oberste Anführer zögerte einen Moment, bevor er weitersprach. „... und die Helle."

Obwohl er nur ein Hologramm vor sich hatte, spürte Ren,

wie Snoke ihn musterte. „Kylo Ren", fuhr sein Lehrmeister fort. „Ich habe den Aufstieg und den Untergang des Galaktischen Imperiums verfolgt. Die Geschichtsschreiber irren sich. Es war weder eine schlechte Strategie noch Arroganz, die das Schicksal des Imperiums besiegelte. Du kennst den wahren Grund – nur zu gut sogar."

Ren spuckte die Antwort aus, als wäre sie giftig. „Gefühle."

„Ja, Gefühle", stimmte der Oberste Anführer zu. „Hätte Lord Vader nicht im entscheidenden Moment seinen Gefühlen nachgegeben – hätte der Vater den Sohn getötet –, dann bestünde heute nicht mehr die Gefahr, dass Skywalker zurückkehrt."

Ren wusste, dass Snoke die Rede auf Darth Vader gebracht hatte, um ihn zu testen. „Ich bin immun gegen die Helle Seite", erklärte er, während er aufrecht dastand.

„Es gab ein Erwachen in der Macht. Hast du es gespürt?"

„Ja", antwortete Ren.

„Die Elemente fügen sich, Kylo Ren. Ein mächtiger Sturm trägt dich allein auf seinen Winden. Du bist nicht nur mit Vader verbunden, sondern auch mit Skywalker selbst. Leia …"

„Es gibt keinen Grund zur Sorge. Gemeinsam werden wir den Widerstand vernichten", versicherte Ren seinem Meister. „Und den letzten der Jedi."

„Vielleicht … Doch da ist noch mehr. Der Droide, den wir suchen, ist an Bord des *Millennium Falken* – in den Händen deines Vaters Han Solo. Selbst du, Meister der Ritter von Ren, musstest dich nie solch einer Prüfung stellen."

Ren versuchte, seine Verwirrung zu verbergen. „Das ist unwichtig. Er bedeutet mir nichts. Dank Eurer Ausbildung kann man mich nicht verführen." Er verbeugte sich und wandte sich um, dennoch spürte er den Blick des Obersten Anführers noch lange, nachdem er den Raum verlassen hatte.

Rey starrte aus dem Cockpit des *Millennium Falken,* wo der Wirbel des Hyperraums nun ihrem Ziel Platz gemacht hatte. Der Anblick war spektakulär: eine Welt aus Grün und Blau unter einer dünnen Wolkenschicht. Ein Gewirr von Seen und Flüssen umschmiegte üppige Landmassen voller Vegetation. Falls es ein genaues Gegenteil von Jakku gab, dann musste es Takodana sein.

„Ich wusste gar nicht, dass es so viel Grün gibt in der Galaxis", hauchte Rey.

Sie staunte noch mehr, als der *Falke* landete und sie von Bord gingen, denn nun konnte sie die Natur aus der Nähe sehen. Eine alte Steinfestung erhob sich zwischen einem glasklaren See und einem dichten tiefgrünen Wald.

Han stieg die Rampe hinunter und kam auf sie zu, in der Hand eine Blasterpistole.

Rey blickte auf die Waffe. „Ich war bereits in brenzligen Situationen. Ich kann schon ganz gut auf mich aufpassen."

„Das weiß ich – deswegen gebe ich sie dir ja", sagte er.

Sie nahm den Blaster. Ebenso wie der *Falke* war es ein veraltetes Modell. „Sie ist schwer."

„Kannst du damit umgehen?"

Sie lächelte. „Ja, einfach zielen und abdrücken."

„Na ja, ein bisschen mehr gehört schon dazu. Je mehr Mühe du dir gibst, desto besser ist das Resultat." Han zögerte. „Hast du auch einen Namen?"

Sie hob die Waffe und richtete sie auf ihre Umgebung, um das Zielen zu üben. „Rey."

„Rey", wiederholte Han, als würde er den Klang des Namens testen. „Rey, ich habe darüber nachgedacht, meine Mannschaft zu vergrößern. Ein Zweiter Offizier. Jemand, der mithält mit Chewie und mir und schlau genug ist, um zu wissen, wann er aus dem Weg gehen sollte." Seine Stimme klang nun weniger bissig. „Jemand, der den *Falken* zu schätzen weiß."

„Bieten Sie mir einen Job an?", fragte sie.

„Ich wäre auch nicht nett zu dir. Die Bezahlung ist mies ..."

„Sie bieten mir einen Job an!"

„Ich denk nur laut drüber nach", entgegnete Han.

Rey wählte ihre nächsten Worte mit Bedacht. „Nun ... Falls das ein Angebot wäre – ich würde gern für Sie arbeiten. Aber ich muss nach Hause."

„Jakku?"

„Ich bin schon viel zu lange weg", sagte sie.

Solo nickte. „Lass mich wissen, falls du deine Meinung änderst." Er drehte sich zum Einstieg des Frachters um. „Chewie, überprüf das Schiff, so gut es eben geht. Wir werden nicht lange bleiben." Anschließend blickte er wieder das Mädchen an. „Du lächelst zu viel, Rey."

Rey lächelte immer noch weiter, als sie davongingen.

# 12. KAPITEL

Während Chewbacca zurückblieb, um den *Falken* zu bewachen, führte Han Rey, Finn und BB-8 über eine Treppe zur eigentlichen Festung hinauf. Es war Jahre her, seit er das letzte Mal in diesem Piratenschloss gewesen war und die Besitzerin gesehen hatte, und er konnte nur hoffen, dass sie ihre gute Meinung über ihn nicht geändert hatte. Falls doch, hätten sie vielleicht besser mit den Rathtaren vorliebnehmen sollen.

„Warum sind wir noch mal hier?", fragte Finn.

„Euer Droide muss auf ein sauberes Schiff. Es war kein Zufall, dass Chewie und ich den *Falken* gefunden haben. Wenn wir ihn mit unseren Scannern aufspüren können, ist die Erste Ordnung sicher auch nicht weit weg. BB-8 soll zum Widerstand? Dann haben wir mit Maz Kanata die besten Chancen. Sie betreibt diese Oase schon seit tausend Jahren", berichtete Han. „Aber Maz ist ein bisschen speziell in ihrer Art", fügte er hinzu. „Also ist es besser, wenn ich rede. Und was noch wichtiger ist: Starrt sie nicht an."

„Wieso sollten wir?", fragte Finn.

„Lasst es einfach", erwiderte Han barsch.

Am oberen Ende der Treppe passierten sie ein offenes Tor und betraten einen Korridor, der zu einem großen Saal führte. Der Schuppen war chaotischer und bunter als die meisten Cantinas, die er je besucht hatte. An den zahlreichen Tischen tummelten sich blaubärtige Narquoisianer, glucksende Ubdurianer und fluffige gelbe Frigosianer. Eine Frau in einem schwarz-weißen Gewand aus Wirrgewebe saß auf dem Schoß eines korpulenten Dowutin. Ein einbeiniger Gabdoriner humpelte auf seinem Stelzfuß umher, und drei Zweibeiner mit hellem Fell, die Han als die Hassk-Drillinge erkannte, fletschten in einer Ecke ihre Zähne. Doch in einem Loch wie diesem durfte man keine Angst zeigen. Während Han mit seinen beiden jungen Begleitern durch die Menge ging, warf er mit finsteren Blicken und Drohungen um sich, um die Streitlustigen unter den Gästen im Zaum zu halten.

Eine Person gab es jedoch, die er nicht beleidigte. Ein kleines, dürres Wesen, dessen Haut ebenso faltig war wie die von Solo, aber die Farbe einer verdorbenen Zitrusfrucht hatte. Die Enden eines eng geknoteten Kopftuches baumelten hinter ihrem kahlen Schädel, aber der Rest ihrer Kleidung schlotterte weit um ihren Körper. Gegenstände aller Art hingen von einem Gürtel aus Tierleder, und Ringe und Armreife schmückten ihre Finger und Handgelenke. Doch die beiden hervorstechendsten Merkmale dieser Person waren die großen runden Brillengläser vor ihren Augen – und die schrille Stimme aus ihrem winzigen Mund. „Haaan Sooolo?"

Abrupt erstarben die Gespräche in dem großen Raum, dass man das Kriechen eines Wurms hätte hören können.

„Hallo, Maz", sagte Han.

„Wollten wir nicht unbemerkt bleiben?", flüsterte Finn. „Ist ja glänzend gelaufen."

„Bist du immer noch im Geschäft?", rief Solo Maz zu.

„Gerade so!", schrillte sie, während sie durch den Saal auf sie zuging. „Dank einem gewissen Schnorrer, der mir nach fast zwanzig Jahren noch immer Geld schuldet." Sie blieb vor Han stehen und blickte zu ihm hoch. „Kannst du dir etwas so Furchtbares vorstellen?"

Er zog die Schultern hoch. „Schon möglich."

„Wo hast du meinen Freund gelassen?", wollte Maz wissen.

„Chewie arbeitet am *Falken*."

„Ich mag diesen Wookiee." Maz musterte Finn und Rey. „Es tut mir leid."

„Was?", fragte Rey.

„Was immer es ist, in das er euch hineingezogen hat." Sie wandte sich wieder Han zu. „Kommt! Setzt euch! Ich kann kaum erwarten zu hören, was du diesmal von mir willst."

Poe Damerons Rettung kam in Gestalt eines klapprigen Gleiters. Er tuckerte auf ihn zu, ein Sammelsurium zusammengeschweißter Schrottteile. Aber in seinem gegenwärtigen dehydrierten Zustand hatte Poe das Gefühl, nie etwas Schöneres gesehen zu haben.

Ein winziger Blarinaner saß am Steuer des Flitzers. Seine schuppige Haut war ebenso wenig für die Sonne von Jakku geeignet wie Damerons, aber das meiste davon war unter Wüstenkleidung verborgen, zu der auch eine verspiegelte Brille vor den Augen gehörte. Er bedachte den Menschen mit einem zähnestarrenden Lächeln. „Genießt wohl das schöne Wetter, hm?"

„Ich habe mich verirrt."

„Allerdings. Wo hast du deinen Flitzer abgestellt?"

„Hatte noch nie einen", sagte Poe.

Der Blarinaner klickte mit der Zunge. „Dann muss ich dich vielleicht ausrauben."

„Warum würdest du so etwas tun wollen? Ich habe mich verirrt, und es heißt doch, dass die Blarinaner eine außergewöhnlich hilfsbereite Spezies sind."

Das Wesen in dem Gleiter zog seine Schnauze kraus.

„Klingt nicht nach mir. Muss sich wohl auf einen anderen Blarinaner beziehen."

„Nimm, was du willst." Poe breitete die Arme aus. „Wie du siehst, habe ich nichts, was sich zu rauben lohnt."

Der Blarinaner hob seine Sonnenschutzbrille an. Seine Pupillenschlitze glänzten wie Gold. „Was tust du dann hier draußen, mit *nichts?*"

„Ich bin vor der Ersten Ordnung geflohen, indem ich einen ihrer TIE-Jäger gestohlen habe", erklärte Poe. „Ich habe einen Sternenzerstörer beschossen, und dann bin ich in diesem Sandloch abgestürzt."

Das Wesen warf den Kopf zurück und brach in gackerndes Gelächter aus, das erst nach geraumer Zeit wieder verstummte. „Steig ein, mein Freund!"

Als der Blarinaner eine Hand mit fünf stummeligen Klauen ausstreckte, griff Poe danach und kletterte in den Gleiter. Der Beifahrersitz war für einen deutlich kleineren Passagier ausgelegt, sodass er die Knie an die Brust ziehen musste, um überhaupt Platz zu haben. „Hast du vielleicht etwas Wasser?"

„Hast du vielleicht einen Namen, Mensch?"

„Poe. Poe Dameron."

„Freut mich, deine Bekanntschaft zu machen, Poe Dameron." Der Blarinaner reichte ihm eine Metallflasche. „Ich bin Naka Iit."

Poe saugte gierig das Wasser durch den Trinkschlauch der Flasche und hielt nur inne, um zwischen den Schlucken zu atmen. „Ich ... muss ... den Planeten ... verlassen."

Naka schob die Brille wieder vor die Augen. „Natürlich musst du das. Wir haben schon mehr als genug Irre auf Jakku." Er startete den Antrieb und ließ den Gleiter ein wenig in die Höhe schweben. „Die nächste Siedlung ist der

Niima-Außenposten. Aber da würde ich nicht mal meinen schlimmsten Vetter hinschicken. Ein feister Schleimsack namens Plutt hat dort das Sagen. Diesen Halsabschneider werde ich nur einmal besuchen – wenn er beerdigt wird. Die Leute werden sich darum prügeln, wer ihm die erste Schippe Sand auf den Kopf wirft."

„Gibt es einen anderen Ort in der Nähe?"

„Ich kenne einen Händler in Blowback, auch ein Blarinaner. Ohn Gos heißt er. Hat eine Schwäche für rührselige Geschichten. Und wenn der Preis stimmt, kann er dich vielleicht sogar von Jakku fortbringen."

„Ich habe keine Credits", erklärte Poe.

„Das ist dein Problem, nicht meins. Falls du nicht willst ..."

„Bring mich dorthin", sagte der Pilot.

Naka beschleunigte den Flitzer, obwohl die drei Triebwerke protestierend jaulten und Fahrer und Passagier heftig durchgerüttelt wurden. Dameron war überzeugt, dass der gesamte Gleiter jeden Moment auseinanderbrechen würde, aber Naka schien nichts Alarmierendes daran zu finden.

Blasterfeuer brannte sich in eine nahe Düne.

Poe blickte über die Schulter. Ein Lastgleiter raste hinter ihnen her, und eine weitere Sandexplosion auf einer Düne vor ihnen machte deutlich, dass seine Insassen keine freundlichen Absichten hegten.

Naka brummte. „Der Strus-Clan. Dieser Haufen von nichtsnutzigen Dieben will meinen Flitzer!"

Poe sah noch einmal zurück. „Nun, sie werden ihn kriegen, wenn wir nicht schneller werden."

„Das ist kein Podrenner, sondern ein Schrottlader."

„Ich kann dafür sorgen, dass er schneller wird. Lass mich ans Steuer."

„Nur über meine Leiche wird irgendjemand ..."

Jetzt erwies sich Poes Größe als Vorteil. Er packte das Steuer mit einer Hand und schob den Blarinaner mit der anderen zur Seite. Naka fand sich schließlich auf dem Beifahrersitz wieder, während Dameron auf den Platz des Fahrers rutschte und das Steuer zwischen seine Knie klemmte. Doch anstatt zu beschleunigen, bremste er ab.

„Was zum Grunk tust du da?" Naka starrte ihn an. „Ist das ein Trick?"

„Wir bedeuten ihnen, dass wir klein beigeben", erklärte Poe.

Der Blarinaner brummte: „Das hab ich nun von meiner Hilfsbereitschaft." Er stand auf und winkte mit beiden Händen.

Die Insassen des Lastgleiters stellten das Feuer ein und wurden ebenfalls langsamer. Kurz darauf fuhren beide Fahrzeuge nebeneinanderher, und die Banditen blickten grinsend auf ihre Opfer hinunter.

Poe lächelte zurück und schaltete zwei der Triebwerke ab, als wollte er anhalten. Doch er hielt nicht. Stattdessen drückte er das Steuer mit den Knien zurück, sodass die Front des Gleiters zum Himmel zeigte.

Die Triebwerksdüse sprengte eine Düne hinter ihnen und katapultierte den Gleiter in die Luft, als wäre er ein Raumschiff. Die Gestalten in dem Lastgleiter hatten keine Zeit zu reagieren, bevor sie sich in einem Sandsturm wiederfanden. Poe raste geradewegs auf die Wolken zu, weit über die erlaubte Maximalhöhe für einen normalen Gleiter hinaus.

Naka winkte den Banditen unter ihnen zu und begann erneut zu lachen. Ihre Verfolger konnten ihnen nicht nachsetzen, da der Sand die Repulsoren ihres Gleiters verstopft hatte. „Du musst zum Widerstand gehören", sagte er dann zu Poe. „Niemand sonst würde etwas so Verrücktes wagen."

„Wir würden es eher mutig nennen", erwiderte der Pilot.

„Nenn es, wie du willst, verrückt bleibt verrückt." Naka puhlte Sandkörner zwischen seinen Zähnen heraus. „Aber mein Flitzer ist alles, was ich habe, und du hast ihn gerettet."

„Siehst du jetzt, was Hilfsbereitschaft einem bringt."

Der Blarinaner schnaubte durch seine Schnauze. „Übertreib es nicht! Ich werde bei Ohn Gos ein gutes Wort für dich einlegen, und wir werden dich von Jakku fortbringen. Aber damit endet Naka Iits Hilfsbereitschaft."

„Das reicht vollkommen. Danke!"

„Dank mir, soviel du willst, aber die Wahrheit ist, je weiter ich von deinen verrückten Eskapaden fort bin, desto sicherer fühle ich mich."

Zum ersten Mal seit dem Beginn seiner Mission lachte Poe.

Finn aß sich an dem Festmahl satt, das Maz ihnen vorsetzte, aber Rey stopfte sich förmlich voll. Er beobachtete, wie das zierliche Mädchen alles hinunterschlang, was auf dem langen Tisch vor ihr abgestellt wurde, fast als hätte sie Angst, dass jemand es ihr wegnehmen könnte. Geschmack und Aussehen des Essens spielten augenscheinlich keine Rolle, alles landete in ihrem Mund. Ihren Bauch zu füllen, schien ihr einziges Ziel zu sein. Was hatte sie wohl auf Jakku gegessen? Oder besser, was hatte sie auf Jakku *nicht* gegessen?

Han unterhielt ihre Gastgeberin mit einer Zusammenfassung ihrer Flucht vor den Guavianern und der Kanjiklub-Bande, wobei er aber seltsamerweise mit keinem Wort die Rathtare erwähnte. Als er zu BB-8s Karte kam, setzte Maz sich ruckartig auf. „Eine Karte, die zum ersten Jedi-Tempel führt! Zu Skywalker höchstpersönlich! Ich habe nie die Hoffnung aufgegeben."

„Freut mich, das zu hören. Ich muss dich nämlich um einen Gefallen bitten", sagte Solo.

Maz neigte den Kopf zur Seite. „Du willst dir Geld leihen", sagt sie, und Solos Grinsen geriet ins Wanken. „Ja, ich habe von den Rathtaren gehört." Sie blickte zu Rey hinüber. „Wie ist das Essen?"

„Köstlich!", antwortete Rey zwischen zwei Bissen.

Solo deutete auf den Droiden. „Maz, würdest du diesen Droiden für mich zum Widerstand bringen?"

„Ich?", fragte Maz.

„Und die Credits nehme ich auch", fügte er hinzu.

Die kleine Piratenkönigin beugte sich vor. „Ich werde dir helfen, ein Schiff zu finden und den Droiden an Snokes Jägereinheiten vorbeizulotsen. Aber ich bin nicht diejenige, die den Widerstand aufsuchen sollte, und das weißt du auch."

„Leia will mich nicht mehr sehen."

„Wer kann es ihr übel nehmen? Aber du bist vor diesem Kampf schon viel zu lange weggelaufen, Han. Geh nach Hause", sagte Maz mit nachdrücklichem Tonfall.

„Was für ein Kampf denn?", fragte Rey.

„Der einzige von Bedeutung. Der Kampf gegen die Dunkle Seite. In unzähligen Jahren sah ich, wie das Böse verschiedene Formen annahm. Die Sith, das Imperium, und heute ist es die Erste Ordnung. Ihr Schatten legt sich über die Galaxis. Wir müssen uns ihr stellen – sie bekämpfen. Jeder von uns."

„Das ist verrückt", entgegnete Finn. „Seht euch mal um. Es wäre schon echt ein Wunder, wenn man uns nicht erkannt hätte. Ich wette, die Erste Ordnung ist bereits unter…" Er hielt inne, als er sah, wie Maz die Stärke ihrer Brillengläser justierte. Ihre Augen wirkten nun sogar noch größer. „Solo, was tut sie da?"

„Keine Ahnung", brummte Han. „Aber das bedeutet nichts Gutes."

Ihre Gastgeberin kletterte auf den Tisch und krabbelte zu Finn hinüber. „Wenn du lange genug lebst, dann siehst du dieselben Augen bei verschiedenen Personen. Und jetzt blicke ich in die Augen eines Mannes, der weglaufen möchte."

„Sie wissen doch gar nichts über mich", entgegnete er. „Weder, woher ich komme, noch, was ich sehen musste. Sie kennen die Erste Ordnung nicht so wie ich. Die werden uns abschlachten. Wir sollten alle sofort fliehen." Er stand auf. „Ich verschwinde von hier."

Rey zog erschrocken die Augenbrauen hoch. „Was?"

„Ich muss zum Äußeren Rand, und zwar sofort", beharrte Finn, ohne sie zu beachten.

Maz deutete zu einem Tisch im Hauptsaal des Schlosses. „Siehst du die beiden da? Den Kerl mit dem großen Schädel, dem braunen Hemd und der glänzenden Pistole? Und den anderen, den mit dem auffälligen hellroten Helm? Die tauschen Arbeit gegen einen Transport in den Äußeren Rand. Geh!", befahl sie.

Finn blickte Rey an, aber sie sah ihm nicht in die Augen. Nach einem Moment zog er seinen Blaster aus dem Halfter und hielt ihn Solo hin. „Es war nett, Sie kennenzulernen. Das war es wirklich."

Han wich seinem Blick ebenfalls aus, und seine Waffe nahm er auch nicht zurück. „Kannst du behalten."

Keine weiteren Worte wurden gewechselt. Es war schrecklich enttäuschend. Doch so war es nun mal im Leben eines Soldaten. Man kam Leuten in intensiven Situationen nahe, aber ehe man sichs versah, trennten sich ihre Wege wieder von dem eigenen. Und Finns Weg würde zu irgendeiner zivilisierten Welt weit, weit weg von Erster Ordnung und Widerstand führen.

Rey saß an Maz' Tisch, noch immer schockiert von Finns Entscheidung. Sie hatte ihm mehrmals das Leben gerettet, und jetzt warf er sie weg wie ein leeres Blastermagazin. Innerlich tadelte sie sich dafür, dass sie geglaubt hatte, er wäre anders. Falls ihr kurzes Leben sie eins gelehrt hatte, dann Folgendes: Jeder, den sie an sich heranließ, ließ sie früher oder später im Stich. Das schien das Gesetz der Galaxis zu sein. Darum war es auch das Beste, allein zu bleiben und sich immer nur um sich selbst zu kümmern. So konnte man nicht verletzt werden. So überlebte man. Warum also stand sie plötzlich auf, um ihm zu folgen?

Finn stand an einem Tisch im großen Saal und fragte eine rot gekleidete Gestalt mit einem schwarzen Umhang und einem ausladenden Helm nach einer Mitfluggelegenheit. Das musste der Captain sein, von dem Maz gesprochen hatte. Rey konnte nicht sehen, ob er unter seiner alles verhüllenden Kleidung ein Mensch war, aber sein dickbäuchiger Lieutenant und der Rest seiner Mannschaft waren es definitiv nicht.

Sie ignorierte die Blicke der Wesen und trat hinter Finn. „Was machst du denn da?"

„Gib mir eine Sekunde und startet nicht ohne mich", bat Finn den Captain, dann führte er Rey von dem Tisch fort.

Sie gab ihm keine Gelegenheit für eine billige Ausrede. „Du hast Maz gehört. Du bist ein Teil dieses Kampfs. Wir beide sind es." Ihr Zorn verflog, als sie ihn genauer musterte. Sie sah einen jungen Mann, der ebenso unsicher und zerrissen wirkte wie sie selbst. „Du kannst nicht einfach gehen."

Er wandte das Gesicht ab. „Ich bin nicht der, für den du mich hältst. Ich bin … kein Held. In keiner Weise."

„Finn, was redest du für einen Quatsch? Ich habe dich beobachtet. Ich habe dich in Aktion gesehen …"

„Ich bin ein Sturmtruppler", unterbrach er sie.

Das Geständnis verwirrte sie nur noch mehr. Er? Ein Sturmtruppler? Ein Soldat der Ersten Ordnung? War alles, was sie über ihn wusste – alles, was sie für ihn *empfand* –, eine Lüge?

„Genau wie die anderen nahm man mich einer Familie weg, die ich niemals kannte. Ich wurde nur für das eine großgezogen und ausgebildet – den Feind zu töten. Aber bei meinem ersten Kampf traf ich eine Entscheidung: Ich werde nicht für sie töten. Also lief ich weg – und dann traf ich dich." Seine Stimme wurde brüchig, aber er nahm sich rasch zusammen. „Du hast gefragt, ob ich zum Widerstand gehöre, und du hast mich angesehen wie noch niemand zuvor. Ich schäme mich für das, was ich war. Aber ich bin fertig mit der Ersten Ordnung. Ich werde nie wieder zurückkehren." Er zögerte. „Rey, komm doch mit mir."

„Geh nicht!", flehte sie.

Finn seufzte. „Pass gut auf dich auf, bitte", sagte er traurig, dann kehrte er ohne ein weiteres Wort zu dem Captain und seiner Crew zurück. Rey drehte sich um und ging davon, um ihn nicht mehr sehen zu müssen.

Kylo Ren war wütend. Wütend auf General Hux und seine Mannschaft, die den Frachter hatten entkommen lassen. Wütend auf sich selbst, weil er seinen Gefühlen über FN-2187 nicht vertraut hatte, als er ihm auf Jakku aufgefallen war. Wütend auf den Obersten Anführer, weil er es für möglich hielt, dass er, Kylo Ren, zur Hellen Seite bekehrt werden könnte.

In seinem dunklen Quartier an Bord des Sternenzerstörers kniete er sich auf den Boden. Obwohl er allein war, sprach er mit leiser, respektvoller Stimme. „Vergib mir! Ich fühle es schon wieder – den Sog zur Hellen Seite. Der Oberste Anführer hat es gespürt. Zeige sie mir erneut, die Macht der Dunkelheit, und dann wird uns nichts mehr im Weg stehen. Zeige sie mir, Großvater, und ich werde beenden, was du begonnen hast."

Auf dem Schrein vor ihm lag ein Symbol, das einst in der ganzen Galaxis Angst und Schrecken verbreitet hatte. Flammen hatten es deformiert und teilweise geschmolzen, sodass seine Form nun noch monströser wirkte. Und obwohl es längst abgekühlt war, brannte noch immer das Böse darin. Es war ein Relikt, das Überbleibsel eines Toten, mit dem Kylo Ren eine dunkle Verbundenheit spürte. Es war die verbrannte Maske von Darth Vader.

# 13. KAPITEL

Als Rey an Maz' Tisch zurückkehrte, diskutierten Han und die Piratenkönigin noch immer darüber, was sie mit BB-8 tun sollten. Doch Rey blieb nicht bei ihnen. Etwas drängte sie, das Schloss zu erforschen, irgendwo eine stille Ecke zu suchen, wo sie allein sein konnte. Der Droide schloss sich ihr kurz entschlossen an.

Sie schlenderte durch einen Gang und entdeckte eine Treppe, die sich nach unten ins Halbdunkel wand. Als sie die Stufen hinabstieg, fand sie sich in einem unterirdischen Korridor wieder. BB-8 piepste nervös, aber sie ging trotzdem weiter, bis sie am Ende des Gangs auf eine verschlossene Tür stieß. Bevor Rey auch nur die Hand danach ausstrecken konnte, sprang die Tür von selbst auf. Dahinter lag eine Art Lagerraum, unter dessen gewölbter Decke Kisten und Kästen aufeinandergestapelt und in Regalen aufgereiht waren. Der Großteil davon war mit Planen und Tüchern abgedeckt, der Rest unter einer dicken Staubschicht begraben.

In der Mitte des Raums stand ein kleiner Holztisch, auf dem eine Holzkiste ruhte. Diese Kiste zog Reys Aufmerksamkeit wie magisch an. Sie ging näher heran, beugte sich darüber und öffnete den Verschluss. Ein glänzender Metallzylinder lag darin, und obwohl sie noch nie einen solchen Gegenstand gesehen hatte, schien er sie zu hypnotisieren.

Plötzlich hörte sie jemanden schwer atmen – genau genommen klang es wie ein gleichmäßiges Keuchen. Als sie herumwirbelte, war die Tür, durch die sie eingetreten war, verschwunden. An ihrer Stelle erstreckte sich ein dunkler Gang, und an seinem Ende waren zwei Silhouetten zu erkennen, eine Gestalt mit einem Helm und einem Mantel, die andere ein junger Mann, der nicht viel älter sein konnte als Rey. Sie duellierten sich mit glühenden Schwertern, eines rot, das andere blau – Lichtschwerter.

„Rey."

Sie blickte sich um, um zu sehen, wer ihren Namen gesagt hatte. „Hallo?" Keine Antwort. Nicht einmal ein Pfeifen von BB-8. Wo war der Droide überhaupt? Sie konnte ihn nirgends entdecken.

Nun stand ein seltsamer Junge am Ende des Gangs und starrte sie an. Rey machte ein paar Schritte auf ihn zu, als sich unvermittelt alles drehte. Schwindelig taumelte sie zur Seite, gegen die Wand – die sich einen Moment später aus irgendeinem Grund in den Boden verwandelte und dann in eine Grasebene.

Eine blutrote Klinge stach in das Gras. Wolken zogen auf und verdunkelten den Himmel, dann regnete es mit einem Mal heftig. Das Lichtschwert wurde aus dem Boden gerissen und krümmte sich wie ein Blitz in einem Sturm. Die Klinge hieb auf einen Mann ein. Rey konnte sein Gesicht nicht sehen, aber sie konnte seine Schreie hören.

Völlig durchnässt stemmte sie sich auf die Beine. Sieben Krieger, gehüllt in schwarze Umhänge, kamen auf sie zu. Sie versuchte wegzurennen, aber sie stolperte erneut. Aus dem Augenwinkel sah sie ein Feuer in der Nacht – einen brennenden Tempel.

Als sie sich umdrehte, waren die Krieger verschwunden. Wo sie eben noch gestanden hatten, saß nun eine andere

Gestalt – ebenfalls mit Umhang und Kapuze – neben einer R2-Astromecheinheit. Der Mann hob eine metallene Hand und berührte die silberne Kuppel des Droiden. Genauso wie die vorige Szene verschwand auch dieses Bild nach einem kurzen Moment.

Rey blinzelte und kniete in einem Wald, wo Schnee auf dem Boden und den Ästen der Bäume lag. Sie hatte noch nie zuvor echten Schnee gesehen, nur Sand. Zitternd stand sie auf. Irgendwo zwischen den Bäumen konnte sie die Geräusche einer Schlacht hören: das Surren von Blastern, das Zischen von Lichtschwertern, das Schweigen des Todes.

Hinter ihr ertönte eine Stimme. Sie war sanft, gütig und klang auf unheimliche Weise vertraut. „Bleib hier. Ich komme dich später holen."

Sie spähte in die Dunkelheit des Waldes. „Wo bist du?"

„Ich komme zurück, Liebling. Das verspreche ich dir."

Rey wollte nicht, dass die Person, der diese Stimme gehörte, später zurückkam. Sie wollte, dass sie bei ihr blieb. „Ich bin hier! Wo bist du?" Genau wie in ihren Träumen erhielt sie keine Antwort. Sie rannte los, suchte vergebens zwischen den Bäumen nach der Person, die zu ihr gesprochen hatte.

Da trat plötzlich eine Gestalt mit einer Maske aus Metall vor sie, in ihrer Hand der Griff eines Lichtschwerts. Der kalte Blick der Maske ließ Rey mitten in der Bewegung erstarren. Sie war niemand, den man leicht zum Schreien brachte, aber genau das tat sie nun, als sie nach hinten kippte.

Der Aufprall wurde nicht durch Schnee abgeschwächt, und der Boden, auf dem sie landete, bestand nun aus Stein. Ächzend setzte sie sich auf und stellte fest, dass sie sich wieder in dem unterirdischen Gang des Schlosses befand.

„Da bist du ja." Maz stand unten an der Treppe und blickte zu ihr hinüber.

In Reys Kopf drehte sich alles, und sie hatte Mühe, verständliche Worte zu formen. „Was … *war* das?“

Maz' Augen richteten sich auf den Eingang des Lagerraums. „Dieses Lichtschwert da drinnen gehörte einst Luke und davor seinem Vater – und jetzt hat es nach dir gerufen.“

Zitternd erhob sich das Mädchen. „Ich hätte da nicht reingehen sollen. Es tut mir leid.“

„Hör mir zu“, sprach die Piratenkönigin. „Das hat etwas zu bedeuten. Etwas sehr Wichtiges …“

„Ich muss wieder zurück nach Jakku.“ Rey atmete tief durch und versuchte, sich wieder zu fangen.

„Ja, Han hat mir das gesagt.“ Maz' Stimme klang mitfühlend. „Liebes Kind, ich sehe deine Augen – du kennst bereits die Wahrheit. Auf wen auch immer du auf Jakku gewartet hast, sie werden niemals zurückkehren. Aber es *gibt* da jemanden, der es noch könnte – mit deiner Hilfe.“

Nach allem, was sie durchgemacht hatte – nachdem Finn einfach gegangen war, nach dem Albtraum gerade eben –, waren Reys Gefühle in Aufruhr. „Nein.“

Maz nahm Reys Hand. „Das, wonach es dich verlangt, liegt nicht hinter dir, sondern vor dir. Ich bin kein Jedi, aber ich kenne die Macht. Sie durchdringt uns und umgibt alle lebenden Dinge. Schließe deine Augen … Fühle sie … Das Gute, es ist immer da gewesen. Es wird dich leiten. Das Schwert – nimm es!“

Rey zuckte zurück. „Ich werde das Ding nie wieder anrühren. Ich möchte mit alldem nichts zu tun haben.“

Sie riss sich von Maz' Hand los und rannte die Stufen hinauf, dann durch das Schloss und in den Wald hinaus. Sie wollte nie wieder stehen bleiben.

Captain Phasma stand mit mehreren Generälen und Admirälen auf einer erhöhten Plattform über dem Paradeplatz der Starkiller-Basis. Unter ihnen waren die besten Soldaten des Militärs in Reih und Glied aufmarschiert, alle in Habtachtstellung. Reihen von TIE-Jägern und Kampfläufern säumten den Platz, über dem sich schneebedeckte Berggipfel in den Himmel reckten. Hinter Phasma wehte das Objekt, das alles andere überstrahlte, das Symbol, auf das die Augen aller Anwesenden gerichtet waren: eine riesige Flagge der Ersten Ordnung.

General Hux sprach vom Rand der Plattform zu den versammelten Truppen. „Diese furchterregende Maschine, welche ihr erbaut habt, auf der wir festen Fußes stehen, wird dem Senat ein Ende setzen, ihrer hochgeschätzten Flotte." Seine durch Lautsprecher verstärkte Stimme hallte von den Bergen wider. „Alle übrigen Systeme werden auf die Knie fallen vor der Ersten Ordnung und sich an diesen bedeutenden Tag erinnern – als den letzten Tag der Republik!"

Zunächst blieb es still, nur der eisige Wind war zu hören, der Schnee über den Paradeplatz wehte. Dann explodierte der Himmel hinter ihnen. Ein gewaltiger Lichtstrahl schoss aus den Bergen in die Atmosphäre hinauf, so grell, dass die meisten den Blick abwenden mussten.

Phasma hingegen starrte direkt in die Wand aus Licht – die Gläser im Visier ihres Helmes bewahrten sie davor, geblendet zu werden. Als Nächstes erklang das Donnern, eine mächtige Schockwelle, die den Schnee von den Berghängen peitschte. Doch auch da blieb Phasma aufrecht stehen, ohne irgendeine Reaktion zu zeigen.

Was anschließend geschah, konnte keiner der Anwesenden sehen. Das Ziel des Strahls war viel zu weit von der Starkiller-Basis entfernt.

Han stand mit Chewbacca vor dem Schloss und blickte durch ein kompaktes Teleskop zu einem bestimmten Abschnitt des Himmels hinauf. Er hatte zahlreiche Theorien über den Stern gehört, der dort vor Kurzem erschienen war, aber keine davon ergab einen Sinn. Neue Sonnen tauchten nicht einfach so auf. Laut Anzeige des Teleskops war dieser neue Stern zudem viele Lichtjahre entfernt, was unter normalen astronomischen Gesichtspunkten bedeutete, dass er vor mehreren Jahren erstrahlt sein musste. Und sollten Solos Berechnungen zutreffen, waren die stellaren Koordinaten der Sonne identisch mit denen des Hosnian-Systems, wo sich die Hauptwelt der Neuen Republik befand. Konnte es sein, dass eine Nova in dem System entstanden war? Oder – er wagte kaum, auch nur daran zu denen – war das Hosnian-System vielleicht vernichtet worden? Und falls ja, wie hatte das so schnell geschehen können?

„Das war die Hauptwelt der Republik“, sagte Finn, als er auf Han und Chewie zurannte. „Die Erste Ordnung, sie haben es getan …“

Solo senkte das Teleskop. In Gedanken spielte er mehrere mögliche Szenarien durch. Falls Leia auf der Hauptwelt gewesen war …

„Wo ist Rey?“ Finns Augen suchten den Hof vor dem Schloss ab.

„Ich dachte, sie wäre bei dir.“

Maz trat zu ihnen. „Rey ist, wo sie sein muss. Ihr drei solltet mit mir kommen. Da ist etwas, das ihr sehen müsst.“

Sie führte die drei zurück ins Innere, dann eine Treppe hinunter und in einen Lagerraum voller Kisten, wo auf einem kleinen Tisch eine offene Truhe stand. Maz griff hinein und förderte einen länglichen Metallzylinder zutage.

Der Griff von Luke Skywalkers Lichtschwert! Han wusste,

was es war, weil er es schon in Aktion erlebt hatte. „Wo hast du es her?“, wollte er wissen.

Die Piratenkönigin drehte den Griff bewundernd zwischen ihren Fingern. „Das ist eine ziemlich gute Frage – für ein anderes Mal.“ Zur allgemeinen Überraschung drehte sie sich zu Finn um. „Rey ist in großer Gefahr“, erklärte sie. „Nimm es und finde deine Freundin.“ Sie hielt ihm den zylinderförmigen Gegenstand hin, und der Junge ergriff ihn.

Einen Moment später erschütterte eine Explosion das Kellergewölbe. Putz rieselte von der Decke herab, während sich das Donnern in anderen Bereichen fortsetzte. Das war keine Schlägerei, die außer Kontrolle geraten war, und auch keine alte Granate, die von selbst losgegangen war. Nein, das Schloss wurde angegriffen.

„Diese Monster! Sie sind hier …“, rief Maz.

# 14. KAPITEL

Tief im Wald blieb Rey endlich stehen. Sie wusste nicht, warum sie so weit gerannt war – sie hatte es einfach gebraucht, um ihre Gefühle zu verdrängen. Jetzt fühlte sie nur noch eines: Erschöpfung.

Mit einem Piepsen kündigte sich BB-8 an, dann rollte er hinter einem Baum hervor. Bildete sie sich das nur ein? Oder war er ihr tatsächlich den ganzen Weg gefolgt? Der Astromechdroide zwitscherte eine Frage. Er wollte wissen, wohin sie gingen.

Wohin *sie* gingen. Nur weil sie ein paar Tage zusammen unterwegs waren, bedeutete das nicht, dass sie auch in Zukunft zusammenbleiben würden. Das war eine Lektion, die sie von Finn gelernt hatte. Doch obwohl sie den kleinen Droiden barsch zurückwies, weigerte er sich umzukehren. Er würde mit ihr nach Jakku und zurück gehen, falls es das war, was sie wollte.

„Nein, du musst zu den anderen zurück“, beharrte Rey. „Du bist wichtig – viel wichtiger als ich. Sie werden dir helfen, deine Mission zu erfüllen. Was kann ich schon für dich tun?“

Plötzlich erbebte der Himmel. Rey blickte nach oben, und durch eine Lücke zwischen den Bäumen erkannte sie eine Ansammlung von Kampfschiffen, die in Richtung von Maz' Schloss flogen. Alle waren sie mit demselben Symbol versehen: einem gezähnten Kreis in einem roten Sechseck. Die Erste Ordnung hatte sie gefunden.

Das Mädchen sprintete in Richtung Schloss los. Sie konnte Han Solo und Chewbacca nicht einem Erschießungskommando überlassen. Der Schmuggler hatte ihr einen Platz auf seinem Schiff angeboten, und sie würde ihm beweisen, dass sein Vertrauen in sie gerechtfertigt war.

Als sie auf einem Hügel über dem Schloss aus dem Wald preschte, sah sie, dass es zu spät war. TIE-Jäger flogen über der Festung hin und her und machten sie mit ihren Lasern dem Erdboden gleich. Sturmtruppen sprangen aus Transportern, um die Ruinen zu durchkämmen und zu erschießen, was immer sich noch bewegte.

Rey eilte am Waldrand entlang. Vielleicht gab es ja hinter dem Schloss einen Weg, auf dem sie sich ins Innere schleichen konnte. Da sank ein Shuttle vom Himmel herab und landete im Schatten der Bäume. Während sie noch hinsah, kam eine dunkle, in Umhang und Maske gehüllte Gestalt die Rampe hinunter. Es war dieselbe Gestalt, die sie in ihrer Vision im Keller des Schlosses gesehen hatte.

Blasterschüsse fauchten an Rey vorbei und setzten die Äste hinter ihr in Brand. Ein Team der Sturmtruppen hatte sie entdeckt! Rasch duckte sie sich hinter einen Baumstamm und erwiderte das Feuer mit ihrer Pistole – zumindest war das der Plan. Doch die Waffe gab nur ein Klicken von sich. Erst als Rey die Sicherung löste, zuckte ein Blasterstrahl aus der Mündung. Ihre erste Salve traf zwei Sturmtruppler und drängte den Rest der Einheit zurück.

Rey wich ihrerseits ins Unterholz zurück, wo sie bessere Deckung hatte. „Du musst unbedingt weiter. Lass dich nicht erwischen“, wandte sie sich an einen besorgt piependen BB-8. „Ich versuche, sie aufzuhalten.“

Diesmal kam der Droide ihrer Anweisung nach und rollte pfeilschnell durch den Wald davon. Nachdem sie noch ein paar weitere Schüsse abgegeben hatte, folgte Rey ihm mit erhobenem Blaster.

Da trat ohne jede Warnung und ohne jedes Geräusch der Mann mit der Maske aus den Schatten des Waldes. Sie hatte keine Ahnung, wie er vor sie gelangt war. Aber sie hatte auch keine Zeit, darüber nachzudenken. Er aktivierte die lange rote Klinge seines Lichtschwerts. Seitlich leckten zwei kürzere Laserflammen in die Luft hinaus. Sie formten eine Art Parierstange, an der sich der Träger leicht selbst die Hände verletzen konnte. Man musste die Waffe wirklich beherrschen, um sie sicher und gefahrlos zu führen.

Rey feuerte ihren Blaster ab – das Lichtschwert zuckte hoch und wehrte einen Schuss nach dem anderen ab. Trotzdem drückte sie weiter den Abzug. Was sollte sie sonst auch tun? Der Maskierte lenkte einen weiteren Blasterstrahl ab und hob dann die Hand. Reys Körper verkrampfte, und mit einem Mal konnte sie sich nicht mehr bewegen – weder ihre Arme noch ihre Beine, ja, nicht einmal einen Finger. Selbst das Atmen fiel ihr schwer.

Der Mann kam auf sie zu. Seine Stimme wurde durch die Maske gefiltert, aber sie klang spöttisch, als er sagte: „Du willst mich töten, obwohl du überhaupt nichts über mich weißt?“

Zumindest Reys Zunge verweigerte ihr nicht den Dienst. „Warum sollte ich dich nicht töten wollen? Ich kenne die Erste Ordnung.“

Er ging um sie herum. „So viel Angst. Dabei sollte ich derjenige sein, der Angst hat. Du sprichst von der Ordnung, als wäre sie barbarisch. Aber du hast zuerst geschossen. Ich musste mich gegen dich verteidigen.“ Er trat näher und hob sein Schwert, sodass der feurige Schein der Klinge ihre Haut erhellte. „Da ist etwas. Etwas …“ Er starrte sie durch die Augenschlitze der Maske an. „*Wer* bist du?“

Obwohl sie ihre Zunge und ihre Lippen bewegen konnte, tat sie es nicht. Sie würde diesem Kerl überhaupt nichts verraten.

Der Maskierte deaktivierte sein Lichtschwert und hängte es an seinen Gürtel. Seine Hand strich über ihre Schläfe und ihre Wange.

Rey wandte den Blick ab, damit sie ihn nicht ansehen musste. Spüren konnte sie ihn trotzdem. Seine Gegenwart war wie ein Prickeln in ihrem Geist. Geisterhafte Ranken schienen durch ihren Kopf zu wandern und ihre Gedanken ans Licht zu zerren. Erinnerungen an ihre Kindheit huschten vor ihren Augen vorbei wie Daten auf einem Bildschirm.

Der Schwarzgewandete klang enttäuscht. „Dann stimmt es also? Du bist doch nichts Besonderes? Nur eine Schrottsammlerin von Jakku.“

Rey schürzte die Lippen. Diese mentalen Ranken krochen weiter durch ihr Bewusstsein, gruben sich tiefer, immer tiefer, als wären ihre Spitzen Skalpelle. Und je vehementer sie versuchte, sie zu verdrängen, desto schärfer wurden diese Skalpelle.

Schließlich fanden sie ein Bild von Finn, das sie in ihrem Gedächtnis trug. „Du hast den Verräter getroffen, der einst unter mir diente. Du empfindest Zuneigung für ihn.“

Sie versuchte, an etwas anderes zu denken. Irgendetwas, solange es nur nicht Finn war. Doch dabei enthüllte sie mehr, als sie beabsichtigt hatte. „Die Karte – du hast sie gesehen!“

Ihr Bewusstsein wand sich vor Qualen, als die Phantomranken tiefer und tiefer in ihren Kopf drangen. Gnädigerweise verlor sie kurz darauf das Bewusstsein.

Nachdem sie durch die Ruinen nach draußen gestiegen waren, sagte Maz zu Finn: „Finde das Mädchen und den Droiden. Rey und Bebe-Acht, sie brauchen dich."

Der junge Mann blickte sich zwischen den Trümmern um. Während der Flucht aus dem Schloss hatte er seinen Blaster verloren. „Ich habe keine Waffe."

Maz berührte ihn am Handgelenk. „Du hast eine."

Finn aktivierte das Lichtschwert. Es summte in seiner Hand – leicht wie eine Feder. Als es durch die Luft schwang, fühlte es sich an wie eine Verlängerung seines Arms, aber es bestand kein Zweifel daran, wie tödlich diese Klinge war.

Das helle blaue Glühen machte eine Einheit der Sturmtruppen auf sie aufmerksam, die sofort das Feuer eröffnete.

Han und Chewbacca sprangen in Deckung und schossen zurück. Da tauchten drei weitere Soldaten hinter ihnen auf und zielten auf die beiden. Finn sah nur eine Möglichkeit, sie zu retten: Er rannte auf die Sturmtruppler zu. Sie schienen ebenso überrascht wie er selbst, als er durch Rüstung, Fleisch und Knochen schnitt. Zwei von ihnen gingen sofort zu Boden, der dritte ließ sein Gewehr fallen und zückte eine Nahkampfwaffe, einen Schlagstock, dessen vorderer Teil von knisternder Elektrizität umgeben war. Finn schlug nach ihm, aber der Soldat duckte sich und stieß ihn zurück, sodass der junge Fahnenflüchtige zu Boden stürzte. Anschließend hob der Truppler seinen Stab, um ihm mit einem mächtigen Hieb den Rest zu geben, aber da wurde er von einem Blasterstrahl getroffen und brach zusammen.

Der Schütze war kein anderer als Han Solo. Der alte Schmuggler und der Wookiee rannten zu Finn hinüber. „Alles klar?", fragte Han, wobei er ihm die Hand hinstreckte, um ihm aufzuhelfen.

Finn hob das Lichtschwert auf, das sich abgeschaltet hatte,

als es ihm aus den Fingern geglitten war. „Ich lebe noch, ja. Danke!"

Die Frage war nur, wie viel länger sie noch leben würden. Weitere Sturmtruppen kreisten sie aus allen Richtungen ein. Die Angreifer waren ihnen zahlenmäßig mindestens drei zu eins überlegen. „Lasst die Waffen fallen – sofort!", donnerte einer von ihnen.

Han und Chewbacca kamen der Aufforderung nach, und auch Finn ließ das Lichtschwert zähneknirschend fallen. Ein Truppler trat vor und hob es auf.

Der Schmuggler und der Wookiee berieten über einen Ausweg aus dieser Situation, der eine brummend, der andere knurrend. Doch ihre Chancen verschlechterten sich noch weiter, als ein zweiter Trupp in weißer Rüstung näher kam. Sie waren nun Gefangene der Ersten Ordnung und würden vermutlich nie wieder die Sterne sehen.

Finn blickte ein letztes Mal zum Himmel empor, als ein paar dieser Sterne plötzlich größer wurden. Das waren keine Sterne. Es waren X-Flügler! Eine ganze Staffel raste über den See auf sie zu und feuerte auf jedes Schiff der Ersten Ordnung, das es wagte, sie unter Beschuss zu nehmen. Die meisten der TIEs standen inzwischen vor den Ruinen – niemand hatte mit einem solchen Überraschungsangriff gerechnet, und nun wurde fast jeder Sternenjäger ebenso in einen qualmenden Trümmerhaufen verwandelt wie das Schloss.

„Das ist der Widerstand!", jubelte Han.

Alle, Soldaten und Gefangene gleichermaßen, rannten in Deckung. Die weißen Rüstungen der Sturmtruppen machten sie jedoch zu leichten Zielen für die X-Flügler, und sie fielen schnell und in großer Zahl.

Finn sah ein Gewehr auf dem Boden und machte ein paar Schritte darauf zu. Doch dann entschied er sich anders. Falls er eine Waffe wollte, warum dann nicht die, die Maz ihm gegeben hatte? Er rannte an dem Gewehr vorbei und nahm einem gefallenen Truppler das Lichtschwert wieder ab.

Der X-Flügler an der Spitze der Formation war schwarz mit orangefarbenen Streifen, und er beschrieb eine Kehre über dem Schloss, um die verbliebenen Schiffe und Soldaten der Ersten Ordnung auszuschalten.

„Das nenn ich mal einen Wahnsinnspiloten", sagte Finn zu sich selbst. Aus den Augenwinkeln bemerkte er eine Gestalt, die aus dem Wald auf ein wartendes Shuttle zumarschierte. Sie hatte eine Maske auf und schien sich nicht im Geringsten für die sterbenden Sturmtruppler drüben beim Schloss zu interessieren. Es war Kylo Ren – und er trug eine bewusstlose junge Frau. *„Rey!"* Finn sprintete auf das Shuttle zu, ohne auf den Feindbeschuss zu achten, der rings um ihn einschlug. „Nein, nein, nein … Rey … *Rey!*"

Seine Rufe gingen im Grollen des startenden Shuttles unter. Gemeinsam mit einigen unversehrten Transportern und Sternenjägern der Ersten Ordnung raste das Schiff in die Atmosphäre hinauf.

Finn musste Tränen zurückhalten, als er zu Han vor das Schloss zurückkehrte. „Er hat sie mitgenommen", sagte er. „Haben Sie das gesehen? Sie ist weg. Rey ist fort!"

Han drängte sich an ihm vorbei. „Aus dem Weg!"

Verwirrt blieb Finn stehen. Ein paar Meter entfernt konnte er Maz sehen, die leise mit BB-8 sprach.

„Ja, sie haben jetzt Rey", sagte Maz, und der Droide zwitscherte. „Ich weiß. Aber wir dürfen die Hoffnung nicht aufgeben. Teile mit deinen Leuten, was du in dir trägst. Sie brauchen dich jetzt."

Der Astromech rollte gehorsam davon.

Maz ging inzwischen zu Finn hinüber. „Sieht aus, als

müsste ich ein wenig aufräumen, hm?" Sie blickte ihn durch die runden Gläser ihrer Brille an und lächelte. „Oh ..."

„Was?", fragte er.

„Jetzt sehe ich noch etwas anderes", erwiderte sie. „Jetzt sehe ich die Augen eines Kriegers."

Sein Sohn hatte an dem Angriff teilgenommen. *Sein Sohn*. Hans Herz fühlte sich an, als würde es zerbrechen, während er zwischen den Trümmern der Schlacht stand und der Frau entgegenblickte, die er schon so lange nicht mehr gesehen hatte. Sie stieg gerade aus einem Transporter des Widerstands, der in der Nähe des Schlosses gelandet war. Ihr einfacher Overall war kein Vergleich zu dem königlichen Kleid, das sie vor all den Jahren bei ihrer ersten Begegnung getragen hatte, auf einem Korridor des Todessterns. Ihr braunes Haar war von Grau durchzogen, und die Zöpfe, zu denen es geflochten war, waren deutlich schlichter, als sie es zu jener Zeit gewesen waren.

Die Körperhaltung einer Adeligen war aber noch immer unverkennbar, als Leia auf Han zukam. Ihr Protokolldroide, der hinter ihr herstakste, hatte einst golden geglänzt, jetzt war seine Metallhülle eher zu Bronze abgestumpft, und einer seiner goldenen Arme war durch einen roten ersetzt worden. Seine offizielle Bezeichnung lautete C-3PO, aber Han hatte ihm im Lauf der Zeit einige andere Namen gegeben. Die Frau hatte ebenfalls verschiedene Titel getragen, angefangen mit Prinzessin von Alderaan bis hin zu Anführerin des Widerstands, aber für Solo war sie einfach Leia, seine Frau.

BB-8 rollte mit C-3PO davon, um dem Protokolldroiden Bericht zu erstatten. Ein Soldat des Widerstands hatte Han erzählt, dass es Dreipeo gewesen war, der sie auf Takodana entdeckt hatte. Ein unscheinbarer GA-Dienerdroide in Maz'

Schloss gehörte zum Spionagenetzwerk des Widerstands, und als er BB-8 erkannt hatte, hatte er umgehend ein Signal an C-3PO geschickt. Das bedeutete, dass Solo dem Goldjungen sein Leben verdankte. Aber natürlich würde er das niemals zugeben.

Nachdem die Droiden gegangen waren, teilten Ehemann und -frau einen kurzen ungestörten Augenblick.

„Du hast eine andere Frisur", sagte Han.

Sie betrachtete seine Kleidung. „Und du trägst noch immer dieselbe Jacke."

„Nein, die ist neu."

Da wurden sie unvermittelt unterbrochen. Chewbacca stapfte mit einem erfreuten Brüllen an Han vorbei und schloss Leia in die Arme. Sein Brummen und Bellen rang selbst ihr ein Lächeln ab. Anschließend stieg der Wookiee zufrieden an Bord des Transporters.

Han beschloss, Chewies Beispiel zu folgen, und umarmte Leia. Er konnte sich kaum noch an das letzte Mal erinnern, als sie ihm so nahe gewesen war. Er hatte sie vermisst, und er bedauerte es, diesen Augenblick mit Neuigkeiten über ihren Sohn ruinieren zu müssen. „Ich habe ihn gesehen", sagte er. „Er war hier."

Leia schloss traurig die Augen, aber sie wirkte nicht überrascht – als hätte sie es bereits gewusst.

# 15. KAPITEL

Nach dem, was er auf Jakku erlebt hatte, fühlte es sich für Poe wie ein Kinderspiel an, durch den Asteroidengürtel von D'Qar zu navigieren. Mühelos steuerte er seinen X-Flügler zwischen den Felsbrocken hindurch. Dann drang er in die Atmosphäre des grünen Planeten ein und sank dem üppigen Blätterdach des Waldes entgegen, bevor er schließlich vor dem Hauptquartier des Widerstands landete. Die Basis sah noch genauso aus wie an dem Tag, als er zu seiner Mission aufgebrochen war: Schlingpflanzen säumten die Durabetongebäude und Bunker, sodass man sie von oben kaum erkennen konnte. Und im Gegensatz zum Treibsand von Jakku gab der Boden hier unter Damerons Füßen nicht einfach nach. Es war gut, wieder zu Hause zu sein.

Ein überglücklicher BB-8 rollte über das Landefeld und begrüßte ihn mit einer Kanonade von Piepslauten. Nachdem Poe die Kuppel des Droiden getätschelt hatte, sah er den Sturmtruppler, den er Finn getauft hatte, auf sich zukommen.

„Poe? Poe Dameron", sagte der Junge mit einem breiten Grinsen, „du lebst noch?!"

„Und du offenbar auch", stellte Poe mit einem ebenso breiten Lächeln fest.

„Was ist mit dir passiert?"

„Ich kam zu Bewusstsein, nachdem du mit dem Schleudersitz ausgestiegen warst, und konnte die Bruchlandung noch abmildern. Die schreckliche Odyssee durch die Wüste blieb mir leider nicht erspart. Hätte mich nicht ein Schrottsammler gefunden und mir geholfen, Jakku zu verlassen, läge ich jetzt irgendwo unter einer Sanddüne begraben. Aber nach dem, was ich gehört habe, ist dir auch nicht langweilig geworden. Du hast meine Mission abgeschlossen, Finn! Ich ... Das ist meine Jacke!"

Finn begann die Jacke abzustreifen. „Tut mir leid – hier."

Poe hob die Hand, um ihn zurückzuhalten. „Nein, nein! Behalt sie ruhig – sie steht dir." Der Pilot grinste. Die Galaxis konnte schon ein komischer Ort sein. Er und Finn waren auf verfeindeten Seiten groß geworden, aber nichtsdestotrotz waren sie nun Freunde. „Du hast es echt drauf, Finn. Der Widerstand braucht Leute wie dich."

„Poe, ich benötige deine Hilfe."

Nachdem Finn erklärt hatte, wieso er Hilfe brauchte, führte Poe den ehemaligen Sturmtruppler in die Basis zu der einen Person, die ihm diese Hilfe gewähren konnte.

„General Organa, verzeihen Sie die Störung, aber das ist Finn. Er will Sie sprechen."

Leia Organa, die sich gerade mit den anderen Anführern des Widerstands besprochen hatte, drehte sich zu Poe und seinem Begleiter um. „Gut, denn ich will auch mit ihm sprechen", erklärte sie. „Das war so tapfer, was Sie getan haben."

„Danke, Ma'am", sagte Finn, „aber eine Freundin von mir wurde während des Angriffs auf Takodana gefangen genommen."

Leia seufzte. „Han hat mir von dem Mädchen erzählt. Es tut mir leid."

„Finn kennt die Waffe, die das Hosnian-System zerstört hat", warf Poe ein. „Er hat auf der Basis gearbeitet."

Leia nahm Finns Hand. „Wir sind dankbar für alles, was Sie uns sagen können."

„Diese Waffe befindet sich auf der Welt, die die Erste Ordnung als ihre Hauptbasis nutzt", erklärte er. „Und ich bin sicher, dass man auch das Mädchen dorthin gebracht hat. Ich muss so schnell wie möglich hin."

„Wie heißt dieses Mädchen?", erkundigte sich Leia.

„Rey", antwortete Finn leise.

Rey erwachte und fand sich auf einer Verhörbank wieder, die in eine fast senkrechte Position hochgefahren war. Eine dunkle Gestalt stand in den Schatten vor ihr und beobachtete sie durch die Sichtschlitze einer Metallmaske. „Wo bin ich?", fragte sie.

„Du bist mein Gast", antwortete der Mann im Schatten, aber seine Stimme klang alles andere als gastfreundlich.

Die Gestalt hob die Hand, und die Fesseln um Reys Arme öffneten sich, woraufhin diese die Stellen massierte, wo das Metall ihre Handgelenke zusammengequetscht hatte. „Wo sind die anderen? Die, die mit mir gekämpft haben."

Er schnaubte verächtlich. „Du meinst die Mörder, Verräter und Diebe, die du Freunde nennst? Du kannst erleichtert sein – ich habe keine Ahnung."

Erleichterung war so ziemlich die letzte Emotion, die Rey in diesem Moment empfand. Wie konnte sie auch nur ein Wort von dem glauben, was der Kerl sagte? Am liebsten hätte sie ihm die Maske vom Kopf gerissen und ihre ganze Wut an ihm ausgelassen.

Er beobachtete sie, kalt und gefühllos. „Du willst mich immer noch umbringen."

„Das ist normal, wenn man von einer Kreatur mit Maske gejagt wird."

Er hielt ihrem Blick stand, dann hob er die Hände an die Seiten seiner Maske und nahm sie ab. Darunter kam ein junges Gesicht mit älter wirkenden Augen zum Vorschein. Seine Lippen und sein dunkles Haar hoben sich von der blassen Haut eines Mannes ab, der die Sonne mied. Er sah aus wie ein Schüler, der keinerlei Freude aus seinem Wissen zog. Jemand, der nur die großen Probleme der Galaxis sah, aber unfähig war, ihre kleinen Freuden zu genießen. „Erzähl mir von dem Droiden", forderte er.

„Eine BB-Einheit mit Seleniumprozessor und einem thermalen Hyperscanvindikator, selbst korrigierendem gyroskopischem Antriebssystem, angepassten Optiksensoren für …"

Seine Augen verengten sich. „Die Karte. Mich interessiert die Karte."

Sie klappte den Mund zu und versuchte alles zu vergessen, was sie gesehen hatte. Doch je verbissener sie das Bild der Karte zu verdrängen versuchte, desto deutlicher sah sie es vor ihrem geistigen Auge. Sie erkannte, dass der Mann genau das mit seinen Worten bezweckt hatte. Sie musste an etwas anderes denken.

„Du weißt, dass ich bekomme, was ich will", erklärte er.

„Dann brauchst du mich ja nicht."

„Wohl wahr." Er strich mit den Fingern über ihr Gesicht.

Rey war nicht mehr gefesselt. Eigentlich hätte sie ihn von sich wegstoßen können, aber das hätte ihre Konzentration unterbrochen. Und die brauchte sie jetzt, um ihre Gedanken vor seinem suchenden Geist zu verbergen. Sie nahm die Emotionen, die sie am Leben erhalten hatten, seit sie sich erinnern konnte, und türmte sie zu einer Barriere auf.

„So ganz allein bist du, hast Angst wegzugehen." Die Ranken seines Geistes schlängelten sich durch ihre Erinnerungen, ihre Träume. „Und in der Nacht zu verzweifelt zum

Schlafen. Du stellst dir ein Meer vor – ja, ich sehe es. Ich sehe die Insel."

Sie dachte ganz fest an ihre Einsamkeit, an die Trauer, die ihr Leben prägte. Tränen traten ihr in die Augen und rannen über ihre Wangen. Kleine Tropfen von Flüssigkeit, die sie auf Jakku niemals verschwendet hätte.

„Und Han Solo", fuhr der Mann fort. „Er ist für dich wie der Vater, den du nie hattest." Seine Stimme wurde sanfter, als würde er wirklich mit ihr fühlen. „Gib diese Gedanken auf. Er hätte dich bloß enttäuscht."

Sie wusste, was er vorhatte. Er interessierte sich nur für seine Ziele. „Verschwinde … aus meinen … Gedanken!", schrie sie.

Doch jetzt hatte er dem Echo ihrer Erinnerungen einen Namen entrissen. „Rey", murmelte er. „Rey, ich weiß, du hast die Karte im Kopf. Sie ist da drin – und jetzt wirst du sie mir geben. Nur keine Angst, ich fühle es auch."

Angst. Nein, sie hatte keine Angst. Sie wusste, was er tun konnte und was sie tun musste, um dagegen anzukämpfen. Nein. Seine Worte bezogen sich nicht auf sie – sondern auf ihn selbst. Auf seine Gefühle – seine Schwäche. Furcht war der Schlüssel zu *seinem* Verstand. Sie versuchte, ihren Geist nach ihm auszustrecken – und es funktionierte. Seine Emotionen und Erinnerungen waren überraschend leicht zu lesen. Sie spürte ein Meer der Furcht. „Du … du hast Angst, dass du niemals so stark werden wirst wie …" Sie zögerte, als sie im Mahlstrom seiner Gedanken das Bild einer anderen Gestalt sah, ebenfalls in schwarzer Rüstung und mit einer Maske. Es war eine der Silhouetten aus ihrer Vision, und jetzt kannte sie ihren Namen. „… Darth Vader!"

Seine Finger lösten sich von ihrem Gesicht, und der junge Mann taumelte von ihr fort, als hätte ihn ein unsichtbarer Schlag getroffen. Auf eine Bewegung seiner Hand hin schnappten ihre Fesseln wieder zu, und diesmal saßen sie noch viel enger. Doch der Schmerz konnte nichts an Reys Genugtuung ändern, während sie zusah, wie er verwirrt und verunsichert aus der Zelle stolperte.

Han saß gemeinsam mit den ranghöchsten Kommandanten des Widerstands im Lagezentrum und trommelte mit den Fingern auf seinem Bein herum, während C-3PO ein seltsames Objekt aus BB-8s Datenschacht nahm. Er hatte den anderen bereits erklärt, dass die Karte unvollständig war, aber natürlich wollten Leia und ihre Leute sich selbst davon überzeugen. Dann schob Dreipeo den Gegenstand in einen Schlitz an der Seite des runden Tisches in der Mitte des Raums, und eine vergrößerte Abbildung der Karte, die Han schon auf dem *Falken* gesehen hatte, erschien darüber in der Luft. Er musterte die Gesichter der anderen, während sie das Hologramm studierten. Keiner von ihnen machte einen sonderlich zufriedenen Eindruck. Auch C-3PO klang enttäuscht. „General, ich bedaure, Ihnen das sagen zu müssen, aber die Karte von BB-8 ist unvollständig. Und was noch schlimmer ist: Sie passt zu keinem uns bekannten System."

Han konnte sich die Bemerkung nicht verkneifen. „Hab ich doch gesagt."

Leia schüttelte den Kopf. „Wie kam ich nur auf den törichten Gedanken, ich würde Luke einfach so finden und ihn nach Hause bringen?"

Solo bereute seine Worte, als er die Niedergeschlagenheit seiner Frau sah. „Leia …"

„Mach das nicht", blaffte sie.

„Was denn?"

„Einfach alles." Sie marschierte aus dem Raum.

Natürlich folgte Han ihr. „He, ich versuche nur zu helfen."

Sie ging weiter den Korridor entlang. „Wann hat das jemals etwas genützt? Und wehe, du sagst jetzt Todesstern!"

Er stellte sich vor sie. „Würdest du bitte aufhören und mir eine Minute zuhören?"

Leia war verärgert. Sie hatte noch immer die Geduld einer Prinzessin – oder anders gesagt: sehr wenig davon. Doch sie hielt inne und sah zu ihm hoch. „Ich höre, Han."

Er versuchte nicht, die Lage schönzureden, denn er wusste, dass sie gegen solche Versuche immun war. Also kam er direkt zum Punkt. „Ich hatte nicht vor herzukommen. Ich weiß, immer wenn du mich ansiehst, erinnert dich das an unseren Sohn. Also bin ich auf Distanz gegangen."

„Denkst du das wirklich? Denkst du, ich will ihn vergessen?" Sie schüttelte den Kopf. „Ich will ihn wieder zurück."

„Er ist nicht mehr unser Junge, Leia. Es hat ihn schon immer zur Dunklen Seite gezogen, ganz gleich, was wir auch versucht haben. Wir haben getan, was wir konnten. Es steckt einfach zu viel von Vader in ihm."

„Deshalb wollte ich, dass Luke ihn unterweist", entgegnete sie. „Ich hätte ihn niemals wegschicken sollen. Da habe ich ihn verloren. Da habe ich euch beide verloren."

„Wir mussten das verarbeiten – jeder auf seine Weise", erklärte er. „Und so habe ich wieder das gemacht, was ich am besten konnte."

„Das haben wir beide getan", erwiderte Leia traurig.

„Wir haben unseren Sohn verloren – für immer."

„Nein", murmelte Leia. „Snoke ist schuld."

„Snoke?"

„Er wusste, dass unser Sohn stark in der Macht sein würde. Dass er genauso viel Potenzial für die Dunkle wie für die Helle Seite in sich trug."

„Wusstest du das von Anfang an? Warum hast du es mir nie gesagt?", fragte Solo. Doch sie sagte nichts, um sich zu rechtfertigen, und er hakte auch nicht nach. „Also hat Snoke unseren Sohn beobachtet."

„Aus den Schatten, schon immer", meinte Leia. „Lange bevor mir klar wurde, was vor sich ging, hat er bereits sein Spiel gespielt. Er hat unseren Sohn verführt – zur Dunklen Seite."

Han seufzte. Es gab Tage, da wünschte er sich, er hätte nie von der Macht gehört. Sie war so … verwirrend. An solchen Tagen würde er alles dafür geben, dass sein Sohn ganz normal und unscheinbar wäre – so wie er. Es war leichter, den Kessel-Flug in elf Parsecs zurückzulegen, als jemanden von der Dunklen Seite zurückzuholen.

„Aber nichts ist unmöglich, Han. Ich habe das Gefühl, wir können ihn immer noch retten. Du und ich."

*„Ich?"* Er runzelte die Stirn. „Nein. Luke hat es mit all seinen Fähigkeiten schon nicht geschafft, wie könnte ich es dann?"

„Luke ist ein Jedi, aber du bist sein Vater. Es ist noch immer Gutes in ihm, das weiß ich."

# 16. KAPITEL

Kylo Ren kniete in der Kommandozentrale der Starkiller-Basis vor seinem Meister und berichtete ihm von seinem Versagen.

„Diese Schrottsammlerin, dieses *Mädchen* hat dir widerstanden?!" Das überdimensionierte Hologramm des Obersten Anführers Snoke starrte wütend auf ihn herab.

„Viel mehr ist sie nicht – eine Schrottsammlerin von Jakku … Aber die Macht ist stark in ihr. Nicht ausgebildet, aber stärker, als sie es selbst weiß", sagte Ren, während er sich erhob.

„Du hast Mitgefühl mit ihr?"

„*Mitgefühl?* Mit einer Feindin der Ordnung? Niemals!", protestierte er.

„Es ist nicht ihre Stärke, die dich scheitern lässt, sondern deine Schwäche", erklärte Snoke. „Und der Droide?"

Das Echo von Schritten auf dem Deck kündete das Nahen von General Hux an. „Ren war der Meinung, dass er nicht länger von Wert für uns ist und dass das Mädchen alles ist, was wir brauchen. Daher befindet sich der Droide wahrscheinlich wieder in den Händen unserer Feinde."

Ren spürte den Zorn seines Meisters, auch wenn Snokes Stimme ruhig blieb. „Haben wir den Stützpunkt des Widerstands inzwischen lokalisiert?"

Der General blieb vor der Holoplattform stehen und verbeugte sich. „Wir verfolgten ihr Aufklärungsschiff in das Ileenium-System. Unsere Spionageschiffe sind bereits unterwegs, um den genauen Standpunkt ihrer Basis zu ermitteln."

„Das ist unnötig. Wir werden sie ein für alle Mal zerschmettern und zerstören das gesamte System. Waffe bereit machen!", befahl Snoke.

Das brachte Hux aus dem Konzept. „Das ganze *System?* Oberster Anführer, es wird nur ein paar Stunden dauern, die Position der Basis zu ..."

„Wir können nicht warten. Je mehr Zeit wir ihnen geben, desto größer ist die Wahrscheinlichkeit, dass sie Skywalker finden und ihn dazu bringen, zurückzukehren und es mit uns aufzunehmen."

Kylo Ren trat selbstbewusst vor. „Oberster Anführer, ich bekomme die Karte von dem Mädchen, doch dazu ist Eure Anleitung nötig."

Das Hologramm waberte wie Sturmwolken in der Abenddämmerung. „Und hast du mir nicht auch versichert, dass du nicht versagen würdest, als es darum ging, den Widerstand zu vernichten?"

Rens Zuversicht verlosch wie eine Kerze im Wind.

„General, bereiten Sie die Waffe vor!"

„Jawohl, Oberster Anführer." Hux salutierte und marschierte aus der Kommandozentrale.

„Kylo Ren", sagte Snoke noch. „Es scheint, als müsste ich dir erneut die Macht der Dunklen Seite zeigen. Bring das Mädchen zu mir!"

Finn stand im Lagezentrum und betrachtete die dreidimensionale Abbildung des Eisplaneten, auf dem er ausgebildet worden war. Rings um ihn hatten sich die Anführer des Widerstands versammelt. Ein paar von ihnen erkannte der ehemalige Sturmtruppler: Da waren Admiral Statura, General Organa natürlich, außerdem Admiral Ackbar, der legendäre Mon-Calamari-Stratege, der die Rebellenallianz zu ihrem historischen Sieg bei Endor geführt hatte. Sie alle wirkten ernst, während sie die planetare Karte studierten, die in der Mitte des Raums über den runden Tisch projiziert wurde.

Poe Dameron und Captain Snap Wexley, ein dunkelhaariger Pilot, traten vor und wiederholten vor den Anwesenden, was Finn bereits Poe gesagt hatte. Diese verschneite Welt, die die Sturmtruppen nur als Starkiller-Basis kannten, beherbergte eine Waffe, die den Kern des Planeten als Dynamo und die Sonne des Systems als Linse benutzte, um Strahlen von Energie – Dunkler Energie, um genau zu sein – durch den Hyperraum auf andere Sterne und Planeten abzufeuern. Der Treffer ließ den Kern des Ziels wieder in die Wolke aus Sternenstaub zerfallen, aus der er einst entstanden war.

„Das ist ein weiterer Todesstern", brummte ein bärtiger Veteran mit langem weißem Haar. Finn kannte den Begriff, den er benutzte: Der Todesstern war eine planetenvernichtende Kampfstation gewesen, die das Imperium vor drei Jahrzehnten eingesetzt hatte.

„Ich wünschte, es wäre so, Major Ematt." Poe rief ein weiteres Hologramm auf. „Das war der Todesstern." Die Projektion zeigte eine Kugel, die im Gegensatz zur Starkiller-Basis nicht aus verschneiten Wäldern und eisbedeckten Bergen bestand, sondern aus Metall – mit einem Krater auf der nördlichen Hemisphäre: die Fokussierlinse eines Superlasers. Dann blendete Poe erneut den Eisplaneten ein. Neben ihm wirkte der Todesstern geradezu winzig. „Und das ist die Starkiller-Basis."

Finn räusperte sich. „General Hux sagte, es wäre die mächtigste Waffe, die je gebaut wurde. Er meinte, dass sie selbst Ziele zerstören kann, die eine halbe Galaxis entfernt sind."

Die anwesenden Offiziere hatten bislang aufmerksam zugehört, aber jetzt brachen sie in nervöses Gemurmel aus.

Han Solo ergriff das Wort. „Na und? Ist eben groß. Wie jagen wir das Ding in die Luft?"

Schweigen breitete sich aus.

Obwohl er klein und schmalschultrig war, richteten sich sofort alle Augen auf Admiral Statura, als er vortrat. „Bei der Menge an Energie, die die Waffe speichert, muss in dieser Basis irgendwo ein Thermalgenerator sein. Falls es uns gelingt, den Generator zu zerstören, destabilisiert das möglicherweise den Kern und vernichtet die Waffe."

„Vielleicht sogar den ganzen Planeten", fügte Ematt hinzu.

Admiral Ackbar schüttelte seinen lachsfarbenen Kopf. Seine gutturale Stimme klang, als würde er unter Wasser sprechen, was wahrscheinlich daran lag, dass seine Spezies im Meer lebte. „Nichts davon ist durchführbar. Sobald unsere Truppen auf ihren Schirmen auftauchen, weiß die Erste Ordnung, dass wir den Standort ihrer Superwaffe kennen. Sie besitzen Schutzschilde, die unsere Waffen nicht durchdringen können. Diese werden sie sofort aktivieren und dann ihre eigene Flotte zur Verteidigung der Basis zusammenziehen. Gegen so viele Schiffe hätten wir keine Chance."

General Organa hielt das Datapad hoch, auf das sie während der letzten Sekunden geblickt hatte. „Laut dieser Nachricht haben wir keine Zeit, weiter über die Situation zu diskutieren. Die Erste Ordnung – sie lädt erneut die Waffe auf. Ich denke, uns allen sollte klar sein: Unser System ist ihr nächstes Ziel."

Finn hatte das Gefühl, als würde sein Herz stehen bleiben. Seine neuen Freunde hatten keine Chance gegen die Starkiller-Basis. Am liebsten hätte er vorgeschlagen, sie sollten fliehen – aber wo konnten sie sich jetzt noch verstecken?

Poe erstickte die aufkeimende Panik, indem er einen Vorschlag machte. „Ja, sie können die Schilde der Basis hochfahren, aber was, wenn wir einen Weg daran vorbei finden und mit allem, was wir haben, auf diesen Generator feuern?"

„Solange die Schilde aktiv sind, wäre jeder Angriff Selbstmord", entgegnete Ackbar.

Han ließ sich nicht entmutigen. „Gut, dann werden wir sie eben abschalten – ganz einfach. Du hast da gearbeitet, Kleiner. Was sagst du?" Er blickte Finn direkt an, und innerhalb weniger Sekunden tat der Rest der Anwesenden es ebenfalls. Sie alle zählten auf ihn – ebenso wie jemand, der nicht hier war. Jemand, den er retten könnte, falls er einen Weg ins Innere der Starkiller-Basis fand.

„Abschalten kann ich die Schilde schon", behauptete Finn. „Aber dafür muss ich dort sein, auf dem Planeten, in der Basis."

„Dann fliegen wir dich da hin", erklärte Han ohne Zögern.

General Organa sah ihren Ehemann an. „Ja, und wie?"

Solo schenkte ihr dasselbe schiefe Grinsen, mit dem er unlängst erst Rey bedacht hatte. „Wenn ich es dir sage, würde es dir nicht gefallen."

Als der Plan stand, verließen die Offiziere den Raum, um die nötigen Vorbereitungen zu treffen. Zum ersten Mal, seit er von der Ersten Ordnung desertiert war, hatte Finn das Gefühl, dass ihm seine Ausbildung zugutekommen würde.

Han verscheuchte die Techniker, die am *Falken* arbeiteten, und kümmerte sich dann selbst um die Wartung seines Schiffs. Das hieß, eigentlich verbrachte er die meiste Zeit damit, Anweisungen zu rufen. „Chewie, überprüf die Hilfstriebwerke! Finn, sei vorsichtig damit – das ist explosiv!"

Finn blickte besorgt auf das Ding in seiner Hand. „Und das sagen Sie mir erst *jetzt?*"

„Ich wollte dich nicht nervös machen", erwiderte der Schmuggler. „Wenn du sie an Bord gebracht hast, rede mal mit diesen X-Flügler-Mechanikern und frag, ob sie zufällig einen Thermalregulator entbehren können."

Eine Stimme lenkte Solos Aufmerksamkeit vom *Falken* weg. „Weißt du, egal wie oft wir uns gestritten haben, ich habe es immer gehasst, dich gehen zu lassen", begann Leia, während sie auf ihn zukam.

„Deswegen hab ich's getan", erklärte er mit einem Schmunzeln. „Damit du mich vermisst."

Sie lachte. „Und wie ich das hab."

„Manche Dinge ändern sich eben nie", seufzte er.

„Das stimmt – und ich liebe dich immer noch."

Er wurde wieder ernst und legte die Hände auf ihre Schultern. „Leia, da ist etwas, was ich dir schon lange sagen wollte."

Sie hob die Hand und legte ihren Zeigefinger auf seine Lippen. „Sag es mir, wenn du zurückkommst."

Solo umarmte seine Frau.

„Und wenn du unseren Sohn siehst, bring ihn nach Hause", wisperte sie.

Fest entschlossen, genau das zu tun, drückte Han Leia fest an sich.

# 17. KAPITEL

Rey lag noch immer gefesselt auf der Verhörbank, aber sie fühlte sich nicht wie eine Gefangene. Etwas war geschehen, als sie sich gegen den Geist des Schwarzgewandeten gewehrt hatte. Es war, als hätte sich etwas befreit, das tief in ihr verborgen war. Als hätte sie Fesseln abgestreift, die nicht ihren Körper gefangen hielten, sondern ihr … *Innerstes?*

Sie konnte es selbst nicht ganz verstehen. Falls es ihr gelang, sich zu befreien, würde sich bestimmt eine Gelegenheit bieten, um genauer darüber nachzudenken. So, wie die Dinge im Augenblick standen, würde es jedoch nicht dazu kommen. Die Fesseln, die sie an die Verhörbank pressten, gaben nicht nach, ganz gleich, wie sehr sie sich dagegenstemmte. Und selbst wenn es ihr gelänge, wäre da noch der Sturmtruppler, der in der Zelle stand und die Tür bewachte.

Doch vielleicht gab es eine andere Möglichkeit. Sie hatte den Mann mit der Maske allein durch ihre Willenskraft zurückgedrängt, mit der Macht ihres Geistes. Was, wenn sie diese Stärke noch einmal aufbringen konnte? „Du!“, sagte sie zu dem Soldaten.

Er blickte sie an, seinen Gesichtsausdruck unter dem Helm verborgen. Das sollte ihren Plan vereinfachen – zumindest würde sie nicht durch seine Individualität abgelenkt werden. Für sie war er nur eine gesichtslose Drohne der Ersten Ordnung. Und was taten Drohnen? Sie gehorchten Befehlen.

„Du wirst jetzt diese Fesseln lösen“, wies sie die Wache an, „und aus dieser Zelle gehen und die Tür offen lassen.“

Der Truppler starrte sie an. Vermutlich dachte er, dass sie den Verstand verloren hatte, falls sie wirklich glauben sollte, dass er ihren Worten Folge leisten würde. Und vielleicht stimmte das sogar.

Rey versuchte es noch einmal. Sie konzentrierte ihren Willen auf das Bewusstsein unter dem Helm, wie sie es zuvor schon bei dem Mann in Schwarz getan hatte. Sie wiederholte ihren Befehl und legte mehr Nachdruck in ihre Worte – sowohl mit ihrer Stimme als auch mit ihrem Geist –, und sie hoffte, dass beides in seinem Kopf ein Echo finden würde.

Der Sturmtruppler kam auf sie zu, sein Blastergewehr erhoben. „Ich werde jetzt diese Fesseln lösen und aus der Zelle gehen und die Tür offen lassen.“ Anschließend tat er genau das: Er befreite sie von ihren Fesseln, drehte sich um und ging zur Tür.

Rey blieb auf der Bank liegen, selbst verwirrt, dass es tatsächlich funktioniert hatte. Sie sah, dass der Soldat noch immer seinen Blaster in der Hand hielt. „Und du wirst die Waffe fallen lassen!“, sagte sie.

Er zögerte keinen Moment. „Und ich werde die Waffe fallen lassen.“ Er ließ das Gewehr auf den Boden fallen, ging zur Zellentür hinaus und verschwand wahrscheinlich in Richtung der Unterkünfte.

Rey wartete auf der Verhörbank. Die Tür war offen, die Waffe lag auf dem Boden, der Sturmtruppler war verschwunden. Als er nach mehreren Sekunden nicht zurückgekehrt war, beschloss sie, dass sie wohl doch nicht den Verstand verloren hatte. Und noch etwas wurde ihr klar: Was sie gerade getan hatte, hatte nichts mit Glück zu tun.

Eigentlich hatte Finn vorgehabt, sich auszuruhen, während der *Falke* durch den Hyperraum flog, aber er war zu aufgewühlt, um zu schlafen. Er versuchte, Holoschach zu spielen, und verlor zweimal in Rekordzeit gegen den Computer. Nichts konnte ihn ablenken. Stattdessen dachte er daran, wie überzeugt er von der Ersten Ordnung gewesen war, als man ihn und seine Einheit nach Jakku geflogen hatte. Er dachte an seine Vorfreude. Und er dachte an Slip.

Es war allein Glück, dass er das Schicksal von FN-2003 nicht geteilt hatte. Was hätte sich durch seinen Tod wohl verändert? Hätte BB-8 es nach D'Qar geschafft? Wäre Poe ein weiteres Opfer der Ersten Ordnung geworden? Würde Rey noch immer Wracks ausschlachten und ein armes, aber sicheres Leben führen?

Man hatte Finn nicht beigebracht, sich mit solchen Fragen auseinanderzusetzen. Er war nur dazu ausgebildet worden, zu schießen und zu kämpfen. Diese Fähigkeiten mochten im Moment nicht hilfreich sein, aber er wusste, sie würden ihm zugutekommen, wenn sie erst die Starkiller-Basis erreichten – das hieß, falls sie sie erreichten. Er hatte keine Ahnung, wie Han mit dem *Falken* durch die planetaren Schilde schlüpfen wollte. Er verließ den Gemeinschaftsbereich und ging ins Cockpit. „Wie kommen wir da rein?", fragte er.

Han konzentrierte sich weiter auf die Kontrollen. „Kein planetares Kontrollsystem kann ununterbrochen aufrechterhalten werden. Das würde zu viel Energie verbrauchen. Aber ihre Schilde rekalibrieren sich in so kurzen Intervallen, dass kein Schiff unter Lichtgeschwindigkeit reinkommt."

„Und wie kommen wir dann da durch, ohne von dem oszillierenden Schild in zwei Hälften geteilt zu werden?"

„Ganz einfach. Wir werden nicht unter Lichtgeschwindigkeit fliegen."

„Wir machen unseren Landeanflug mit Lichtgeschwindigkeit? Niemand hat je so etwas versucht!"

Chewbacca knurrte etwas, und Han grinste. „Wir nähern uns dem System. Ich würde mich hinsetzen, wenn ich du wäre." Er wandte sich von seinem Passagier ab. „Gut, Chewie, mach dich bereit."

Finn ließ sich auf einen Sitz fallen und schnallte sich an, während Solo und der Wookiee auf unterschiedlichen Monitoren auf dieselben Daten blickten.

„Und ..." Han zögerte. *„Jetzt!"*

Die beiden Piloten arbeiteten in perfektem Einklang, zogen Hebel, drückten Knöpfe, drehten an Reglern. Als sie aus dem Hyperraum austraten, blinzelte Finn. Er war noch immer am Leben. Die Scanner zeigten an, dass sie sich unter den Schilden der Starkiller-Basis befanden. Sie hatten es tatsächlich geschafft. Doch bei der irrwitzigen Geschwindigkeit, mit der sie dahinrasten, war es nur eine Frage von Sekunden, bis sie sich in die Oberfläche des Planeten bohren würden.

„Ja, ich zieh ja schon hoch!", rief Solo Chewbacca zu. „Aber wenn ich noch höher gehe, entdecken sie uns."

Die beiden schafften es, den *Falken* in letzter Sekunde in die Horizontale zu bekommen, bevor er auf dem Boden zerschellt wäre, aber die Landung war trotzdem alles andere als sanft. Der Frachter schlug eine Schneise durch ein Waldstück, säbelte dabei zahlreiche Baumstämme um und rutschte dann weiter über ein Schneefeld, bis er endlich zum Stehen kam.

In der Starkiller-Basis marschierte Kylo Ren durch einen aus dem Fels gehauenen Korridor. Die Energien, die sich im Kern des Planeten aufluden, spiegelten den Sturm wider, der in seinem Inneren tobte. Gerade eben hatte man ihm mitgeteilt, dass die Gefangene aus ihrer Zelle geflohen war.

Er hatte dem Offizier, der die Meldung gemacht hatte, keine Fragen gestellt, weder über den Ausbruch noch über die Wache, die auf das Mädchen eigentlich hätte aufpassen sollen. Er war unterwegs, um sich selbst ein Bild zu machen.

Die Zelle war tatsächlich leer.

Ren aktivierte sein Lichtschwert, dann holte er brüllend aus und hackte die Verhörbank entzwei. Anschließend hieb er mehrmals auf die Wände ein. Der Brennofen seines Herzens hatte seine eigene Quelle dunkler Energie: eine Emotion namens Zorn.

# 18. KAPITEL

Han stapfte gemeinsam mit Chewbacca und Finn durch den Schnee. Seine Beine waren schwer, und der eisige Wind, der zwischen den Bäumen hindurchfegte, war geradezu schmerzhaft. Er wurde zu alt für diese Art von Abenteuer.

Außerdem gefiel es ihm nicht, den *Millennium Falken* unbewacht und halb in einer Schneeverwehung begraben zurückzulassen. Er wusste nicht, was er tun würde, sollte er ihn noch einmal verlieren. Die Tatsache, dass er das Schiff aller Wahrscheinlichkeit zum Trotz wiedergefunden hatte – die Chancen hatten laut C-3PO 19 077 000 zu 1 gestanden –, gab ihm jedoch Hoffnung, dass am Ende vielleicht doch alles in Ordnung kommen würde.

Finn deutete auf eine Lichtung im Wald. „Der Abwassertunnel liegt hinter dieser Anhöhe – durch den kommen wir rein."

Für Han klang das ein wenig zu einfach. „Bist du sicher, dass dieser Tunnel nicht ebenfalls gesichert ist?", fragte er. „Durch das normale Zeug können wir uns durchschneiden, aber …"

„Es gibt keine Abschirmung. Das ist ein Abflusstunnel. Alles soll rausfließen können."

Han musterte den Jungen. „Du meintest, du wärst hier stationiert gewesen. Was hattest du denn für eine Arbeit, als du hier warst?"

„Sanitärdienst."

„*Sanitärdienst?* Und woher weißt du dann, wie man die Schilde abschaltet?"

„Das weiß ich nicht", gestand Finn mit ruhiger Stimme. „Ich bin nur hier, um Rey zu retten."

Chewbacca knurrte, und Han sah aus, als würde er gleich explodieren. „Gibt es sonst noch etwas, was du uns nicht verraten hast? Irgendetwas, was wir wissen sollten? Denn weißt du, eine Menge Leute verlassen sich auf uns. Die ganze *Galaxis* verlässt sich auf uns!"

„Solo, wir sind hier – oder etwa nicht? Wir kriegen das schon hin."

„Ach ja? Und wie?" Han für seinen Teil waren die schlauen Ideen nämlich ausgegangen.

Finn setzte ein schiefes Grinsen auf. „Wir nutzen die Macht."

„Ich habe keine Zeit, es dir zu erklären, Junge, aber so funktioniert das mit der Macht nicht." Han hätte es nicht einmal erklären können, falls er Zeit gehabt *hätte* – aber natürlich sagte er Finn das nicht.

Rey eilte durch einen Gang nach dem anderen, in den Händen das Blastergewehr des Sturmtrupplers. Einige der Wände bestanden aus Metallplatten, andere aus rauem Fels mit genügend Vorsprüngen und Einbuchtungen, hinter denen sie sich verstecken konnte, wann immer sie Schritte in der Nähe hörte.

Sie erreichte einen schmalen Laufsteg, der an einer Wand entlang verlief. Auf der anderen Seite gab es kein Geländer, das einen Sturz in die Tiefe verhindert hätte, aber am anderen Ende hatte Rey eine Fluchtmöglichkeit entdeckt: einen Hangar voller TIE-Jäger.

Zwei Sturmtruppler hielten am Eingang Wache. Rey blieb stehen. Die Soldaten unterhielten sich und hatten sie noch nicht bemerkt. Ebenso wenig wie die Patrouille, deren Schritte sich ihr von hinten näherten. Doch falls sie nicht schnell etwas unternahm, würden die einen oder die anderen oder auch alle beide sie entdecken. Kurz entschlossen hängte sie sich das Gewehr über die Schulter und kletterte über den Rand des Laufstegs nach unten.

Über dem schwarzen Abgrund klammerte sie sich mit den Fingern am Metallgitter der Bodenplatten fest und stellte ihre Beine gegen die Wand. Keinen Moment lang hatte sie Angst, dass sie abstürzen könnte. Während der Schrottsuche auf Jakku hatte sie oft gefährliche Kletterausflüge unternehmen müssen. Man durfte nur nicht nach unten sehen.

Sie blickte sich um und entdeckte schließlich eine Luke in der Wand. Langsam bewegte sie sich unterhalb des Laufstegs darauf zu, stets darum bemüht, das Gleichgewicht zu halten. Kein einziges Mal blickte sie nach unten.

Als sie in Reichweite ihres Ziels war, stieß sie die Kontrolltafel mit dem Ellbogen an. Die Luke öffnete sich, und Rey kroch hindurch in eine Wartungsbucht. Ein Reparaturdroide rollte an ihr vorbei, aber er schien nicht einmal Notiz von ihr zu nehmen. Offenbar war er unterwegs, um irgendeine einprogrammierte Funktion zu erfüllen. Rey eilte zu dem Ausgang auf der anderen Seite. Sie bezweifelte, dass der nächste Droide auch so unaufmerksam sein würde.

Finn kannte das Netz der dunklen Abflusstunnel ebenso auswendig wie den Feuermechanismus seines Gewehrs. Selbst mit verbundenen Augen hätte er den Weg durch dieses Labyrinth gefunden. Schneeschlamm platschte um ihre Stiefel, als er Han und Chewbacca zu einem nicht beschrifteten

Portal am Ende des Abwassersystems führte. Die Tür war eigentlich nur dafür gedacht, um defekte Reinigungsdroiden auszutauschen, aber die Männer vom Sanitärdienst benutzten sie oft, um nach dem Dienst schneller wieder ins Warme zu gelangen. Finn tippte einen Code ein, und der Durchgang öffnete sich.

„Je länger wir hier sind, desto schwieriger wird es für uns", erklärte Solo.

„Ja, ich weiß", flüsterte Finn.

Er ging voran und wählte die Korridore, von denen er wusste, dass dort weniger oft patrouilliert wurde. Sein Gedächtnis trog ihn nicht, denn sie begegneten keiner Menschenseele. Zumindest nicht, bis sie sich weit ins Innere der Basis vorgearbeitet hatten. Dort sahen sie schließlich einen Sturmtruppler auf sich zukommen. Er trug einen schwarzen Umhang und eine silbern glänzende Chromrüstung, die nach dem Überfall auf Jakku wieder auf Hochglanz poliert worden war. Es war Finns alte Kommandantin Captain Phasma.

Zunächst war ihm mulmig zumute, aber dann erkannte Finn, dass Phasma der Schlüssel war, um die Schilde zu deaktivieren. Er und Han duckten sich wieder in den Schatten, während Chewbacca vorsprang, Phasma entwaffnete und sie um die Ecke zerrte.

Finn richtete sein Gewehr auf ihren Helm. „Captain Phasma, kennen Sie mich noch? Wollen Sie noch immer meinen Blaster untersuchen?"

Die Kommandantin wand sich im Griff des Wookiees. „Ja, ich erinnere mich, FN-zwei-eins-acht-sieben."

„Das war einmal. Mein Name ist Finn – ein echter Name für eine echte Person. Und ich habe jetzt das Sagen!"

Chewie hielt sie eisern fest, und Han richtete ebenfalls seine Waffe auf sie. Phasma hatte also gar keine andere Wahl, als mit ihnen in den Schildkontrollraum zu gehen.

Der Raum war verlassen. Da die Schilde von automatischen Systemen gesteuert wurden, kamen die Techniker eigentlich nur hierher, wenn es ein Problem zu beheben gab. Die Möglichkeit unerwünschter Eindringlinge hatten die Architekten nicht bedacht. Wer wäre schon verrückt genug, um sich so tief in die am besten gesicherte Militärbasis der Galaxis zu schleichen?

Finn hatte kein Problem damit, nach der Logik der Ersten Ordnung als verrückt zu gelten. Das war im Moment ihr einziger Vorteil. Die Offiziere waren darauf trainiert, alles auf eine bestimmte Weise zu interpretieren, doch bei jemandem wie ihm – einer Anomalie – würden sie sich schwertun, seine nächsten Schritte vorherzusehen. Er schob Phasma an eine Konsole und befahl ihr, den Deaktivierungsbefehl einzugeben.

Als sie sich weigerte, presste er den Blaster fester gegen ihren Helm. „Tun Sie es!"

Und sie tat es. Ein paar Tasten, in der richtigen Reihenfolge gedrückt, und schon wurden die automatischen Systeme überschrieben und die Sequenz zur Abschaltung der Schilde eingeleitet.

Finn beobachtete, wie die Energieanzeigen auf dem Bildschirm nach unten sanken. „Solo, wenn das funktioniert, haben wir, nach allem, was uns beigebracht wurde, nicht viel Zeit, um Rey zu finden."

„Bleib locker, Kleiner. Wir werden nicht ohne sie gehen." Hans Blaster war weiter auf Phasma gerichtet.

„Was machen wir mit ihr?", fragte Finn.

„Gibt es hier irgendwo einen Müllschacht? Oder vielleicht eine Müllpresse?"

„Ja, die gibt es tatsächlich“, antwortete Finn mit einem breiten Grinsen.

Als die Schilde vollkommen heruntergefahren waren und sie die Konsolen zu Klump geschossen hatten, schubsten sie Phasma in einen Schacht, der ins Abwassersystem der Basis führte. Das Einzige, worum es Finn leidtat, war ihre Rüstung.

# 19. KAPITEL

„Schwarz Eins." Die Stimme drang knisternd aus dem Hyperkom von Poe Damerons X-Flügler. „Gehen Sie auf Unterlichtgeschwindigkeit. Angriff auf Ihr Zeichen."

Poe lächelte. Er und die beiden Staffeln unter seinem Kommando – Rot und Blau – rasten schon seit mehreren Minuten in der Nähe der Starkiller-Basis durch den Hyperraum, während sie auf den Befehl aus dem Hauptquartier des Widerstands warteten. Er hatte schon befürchtet, dass dieser Befehl niemals kommen würde. Doch jetzt hatten sie grünes Licht, was bedeutete, dass Finns Team seine Mission erfüllt hatte: Die Schilde waren unten.

„Verstanden, Basis", sagte er in sein Kom und leitete die Nachricht an BB-8 hinten im Droidensockel weiter. Dann rief er die anderen Sternenjäger. „Rote Staffel, Blaue Staffel, bereithalten!"

„Verstanden, Schwarz Eins." Captain Wexleys Stimme erklang laut und deutlich.

Die anderen Piloten bestätigten den Befehl ebenfalls. Unter ihnen waren auch Nien Nunb, der gefeierte Sullustaner, der bei Endor mit Lando Calrissian den *Millennium Falken* geflogen hatte, und Jess Pava, Blau Drei, eine junge Draufgängerin, deren Talent am Steuerknüppel das der meisten erfahrenen Veteranen in den Schatten stellte.

Vor dem Start hatten die Piloten damit geprahlt, dass die

bevorstehende Schlacht ein Fall für die Geschichtsbücher sein würde, genau wie Yavin oder Endor. Poe hatte keinen Kommentar dazu abgegeben. Die Geschichtsbücher interessierten ihn nicht – er wollte nur das Ziel erfüllen und seine Staffeln lange genug am Leben halten, damit sie auch nach der Schlacht noch damit angeben konnten.

Sämtliche Lifts, die zum Hangar hochführten, waren mit Passcodes gesichert. Rey wollte nicht das Risiko eingehen, die gesamte Basis zu alarmieren, indem sie einen falschen Code eingab, also wartete sie. Vielleicht konnte sie sich ja einem Droiden anschließen, der nach oben fuhr. Doch keine der Maschinen schien auf den Ebenen über dem Wartungsraum benötigt zu werden. Sie saß fest.

Die Decke vibrierte. Durch ein Lüftungsgitter sah Rey, wie TIE-Jäger aus dem Hangar starteten. Vielleicht war es nur ein Manöver, oder womöglich wurde die Basis angegriffen. Was auch immer der Grund war, ihre Hoffnung auf eine Flucht flog gerade zum Hangartor hinaus. Jetzt musste sie einen anderen Weg finden.

Rey hob eine Bodenplatte an und kletterte in einen Lüftungsschacht. Im Korridor über sich hörte sie Stimmen. Da die obere Seite des Schachts nicht geschlossen war und sie nur das Bodengitter von den Personen über ihr trennte, musste sie schnell vorbeikriechen, wenn sie nicht entdeckt werden wollte.

Doch sie wurde entdeckt – und zwar von Han Solo. Er stand im Korridor und grinste zu ihr hinunter. Chewbacca war ebenfalls da und noch jemand – jemand, von dem sie geglaubt hatte, dass sie ihn nie wiedersehen würde. Nachdem sie ihr aus dem Schacht geholfen hatten, fielen sich Rey und Finn in die Arme.

„Geht es dir gut? Was ist mit dir passiert?“, fragte Finn. „Haben sie dir wehgetan?“

„Mich interessiert viel eher, was ihr hier macht?“

Finn versuchte, gelassen zu wirken. „Wir sind gekommen, um dich zu retten.“

Chewbacca brummte etwas, und Rey umarmte den ehemaligen Sturmtruppler gleich noch mal.

Finn sah zu dem Wookiee hinüber. „Was hat er gesagt?“

„Dass es deine Idee war. Danke!“

Han trat vor, bevor ihr Wiedersehen zu emotional werden konnte. „Wir können später feiern. Ich bringe auch den Kuchen mit. Bis dahin gilt: Erst flüchten, dann umarmen.“

Rey konnte ihm nur zustimmen, aber sobald das alles vorbei war, würde sie Solo an seine Worte erinnern. In den neunzehn Jahren ihres Lebens hatte sie noch nie einen Kuchen probiert.

Poe feuerte die Laser des X-Flüglers auf die TIE-Jäger ab, die gerade aus der feindlichen Basis starteten. „Gebt einander Deckung!“, befahl er seinen Staffeln. „Es sind ziemlich viele, aber das bedeutet nur mehr Ziele für uns. Lasst euch nicht von diesen Amateuren einschüchtern!“

„Blau Drei, dir sitzt einer im Nacken!“, rief Snap Wexley über Kom. „Zieh hoch, damit wir ihn erledigen können!“

„Verstanden“, antwortete Jess. Ihr X-Flügler stieg senkrecht in die Höhe, sodass Poe den TIE hinter ihr ins Visier nehmen konnte. Mit einem gezielten Schuss sprengte er die Maschine in tausend Teile.

„Ich schulde dir was“, sagte Jess.

„Ja, du schuldest mir einen weiteren Angriffsflug“, erwiderte er. „Versuch, nahe an mir dranzubleiben. Alle Staffeln – mir nach!“

Die TIEs brachen wie ein Insektenschwarm über sie herein, und die X-Flügler mussten ihre Formation aufgeben. Ein paar der Piloten blieben aber hinter Poe und begannen mit einem Bombardement des sechseckigen Komplexes, in dem sich der Generator der Starkiller-Basis befand. Sie warfen genug Ladungen ab, um eine ganze Stadt einzuebnen, aber als Poe zurückblickte, sah er, dass die Einrichtung noch stand. Mehr noch, sie zeigte nur minimale Schäden.

„So kommen wir nicht weiter!", erklärte er. Woraus bestand dieses Ding? Seine Konsole piepte, und als er seinen Scanner konsultierte, sah er sich mit Hunderten Zielsuchraketen aus verborgenen Geschützbatterien konfrontiert. Er hatte es schon in früheren Schlachten mit diesen Drohnenraketen zu tun gehabt, aber nicht mit so vielen. Sie alle abzuschütteln, würde so gut wie unmöglich sein. „Leute, wir kriegen ordentlich Gesellschaft!", teilte er dem Rest der Staffeln mit. Gerade noch rechtzeitig riss er seinen Sternenjäger zur Seite, um nicht von hinten getroffen zu werden. Dann ging er daran, die Zielsuchraketen vor sich abzuschießen.

Seine Piloten waren geschickt, aber den meisten von ihnen fehlten Poes Millisekundenreflexe und seine Intuition. Sie konnten vier oder fünf Raketen in einer Folge von halsbrecherischen Manövern ausweichen, aber dann erwischte sie die sechste. Und mehr als eine Drohnenrakete war nicht nötig, um einen X-Flügler auseinanderzureißen.

Damerons Staffeln wurden unglaublich schnell dezimiert, doch er weigerte sich, die Hoffnung aufzugeben. Nicht solange Finn da unten war. Der abtrünnige Sturmtruppler hatte ihn auf dem Sternenzerstörer vor einem Schicksal bewahrt, das schlimmer als der Tod war, und Poe hatte sich fest vorgenommen, sich dafür zu revanchieren.

Finn entdeckte eine Notfallluke, die aus der Starkiller-Basis hinausführte. Obwohl es erst Mittag war, wurde das Sonnenlicht schnell blasser. Das konnte nur bedeuten, dass die Superwaffe dunkle Energie sammelte. Über ihnen jagten TIE-Jäger und Zielsuchraketen eine schnell schrumpfende Gruppe von X-Flüglern über den sich verdunkelnden Himmel. Eine der Maschinen des Widerstands – schwarz mit orangefarbenen Streifen – setzte sich mit einer Rolle hinter den TIE, der sie gerade noch verfolgt hatte. Finn atmete erleichtert auf. Poe lebte noch. Doch wie viel länger würde er gegen eine so gewaltige Übermacht durchhalten?

Han musste denselben Gedanken gehabt haben. „Wir haben jede Menge Sprengladungen dabei. Es wäre eine Schande, sie wieder den ganzen Weg zum *Falken* zurückzuschleppen. Wir sollten sie benutzen!"

Ihre Verbündeten am Himmel waren augenscheinlich zu sehr damit beschäftigt, dem Feindbeschuss auszuweichen, um den Generator zu bombardieren. Darum sah Finn nur ein sinnvolles Ziel. „Der Generator. Aber es gibt keinen Weg hinein."

„Es gibt einen Weg", entgegnete Rey.

Alle Augen richteten sich auf sie, und Chewbacca bellte eine Frage.

„Ich weiß, wie es da drinnen aussieht. Der Aufbau ist im Groben derselbe wie bei den Sternenzerstörern, die ich seit Jahren nach Schrottteilen durchsuche. Bringt mich zu einem Knotenpunkt, dann mache ich den Weg frei."

„Falls du das hinkriegst, werden wir bereit sein", sagte Han.

Ein Plan war schnell ausgearbeitet: Han und Chewie würden sich mit den Sprengladungen in den Generatorkomplex aufmachen, während Finn und Rey ein Fahrzeug suchten, um den nächsten Knotenpunkt zu erreichen. Dort würde Rey die entsprechenden Schaltkreise kurzschließen und die Türen des Komplexes öffnen, sodass Solo und der Wookiee die Ladungen platzieren konnten. Anschließend würden Finn und Rey die beiden abholen, bevor sie alle gemeinsam zum *Falken* zurückkehrten.

Ihren fahrbaren Untersatz fanden Rey und Finn bei einer nahen Wartungsstation. Sie schlichen sich an dem Sturmtruppler vorbei, der dort Wache hielt, und kletterten in einen Schneegleiter. Der Soldat entdeckte sie erst, als sie den Antrieb hochfuhren. Aber zu dem Zeitpunkt, als er mit seinem Gewehr das Feuer eröffnete, hatten sie bereits abgehoben.

Laserstrahlen von der Luftschlacht über ihnen zischten an dem Flitzer vorbei, und ein Schuss streifte sie. Rey musste mit den Kontrollen kämpfen, um sie in der Luft zu halten, während Finn nach hinten kletterte, um einen weiteren Schneegleiter ins Visier zu nehmen, der ihre Verfolgung aufgenommen hatte. Er feuerte die Bordkanonen ab, aber die ersten Schüsse gingen daneben. Der Pilot, der ihnen im Nacken saß, war wirklich gut. Doch Finn war im Lauf der letzten Tage ein ziemlich fähiger Schütze geworden, und die nächste Salve traf ihr Ziel. „Ich hab ihn!"

Rey landete nahe dem nächsten Knotenpunkt und sprang aus dem Cockpit. Anschließend stemmte sie eine Wartungsklappe auf und begann Kabel zu durchtrennen.

Am Horizont konnte Finn die wogenden Ströme dunkler Energie erkennen, die in den Generatorkomplex gesaugt wurden. Dasselbe hatte er bei einem Test der Starkiller-Installation beobachtet. Dieses Wabern bedeutete, dass die Waffe bereits fast vollständig aufgeladen war.

Rey riss ein Bündel Drähte aus der Schnittstelle.

Was immer sie tat, es zeigte zumindest vor Ort keine sichtbare Wirkung. Finn konnte nur hoffen, dass sich die Türen des Komplexes tatsächlich öffneten.

Han und Chewie waren in der Nähe eines Nebeneingangs in Deckung gegangen, vor dem drei Sturmtruppen Wache standen. Als die Tür plötzlich aufglitt, drehten sich die Soldaten überrascht um. Chewbacca zögerte keine Sekunde und feuerte seinen Bogenspanner ab. Ein Truppler brach zusammen, und die anderen hatten gerade noch Zeit, herumzuwirbeln und ihre Blaster hochzureißen, bevor Solo sie außer Gefecht setzte.

Ein vierter Soldat, der auf der anderen Seite der Tür postiert gewesen war, rannte in den Komplex hinein, und Han konnte hören, wie er nach Hilfe rief. Doch bis Verstärkung eintraf, sollten sie längst die Sprengladungen platziert haben und auf dem Rückweg zum *Falken* sein. Und danach hieß es: zurück nach D'Qar, zurück zu Leia.

Sie betraten die Anlage. Rings um sie herum summten Maschinen und blinkten Lichter. Bildschirme zeigten an, dass das maximale Volumen an dunkler Energie fast schon erreicht war. Doch die Maschinen zu sprengen, würde die Waffe nicht beschädigen. Die hohen Steinsäulen, die durch Laufstege verbunden waren und die drei Ebenen des Komplexes stützten, schienen ihm da das bessere Ziel. Falls er und Chewie sie in die Luft jagten, könnten sie so das Dach zum Einsturz bringen, und dann hätten Poe und seine Piloten freies Schussfeld auf den Generator.

Han nahm einige der Sprengsätze aus Chewbaccas Tasche. „Wir werden die Ladungen an jedem einzelnen Träger platzieren."

Der Wookiee wies ihn grollend auf ein Problem hin.

Solo nickte. „Du hast recht. Wir haben nicht genug Ladungen, um ausreichend Schaden anzurichten." Er deutete auf die Säule, die ihnen am nächsten war. „Wir platzieren den ganzen Sprengstoff an diesem Träger. Das sollte hier garantiert alles einstürzen lassen. Du gehst nach oben, ich werde nach unten gehen. Wir treffen uns hier wieder."

Sie teilten sich auf, aber nach ein paar Schritten blickte Han noch einmal über die Schulter zu seinem Freund. Chewie sah ebenfalls zu ihm herüber. Ein paar Sekunden hielten sie Blickkontakt, dann nickten sie einander zu und rannten in entgegengesetzte Richtungen los, um ihre Mission zu erfüllen.

Solo brachte seine Sprengsätze am Fuß der Säule an und programmierte sie so, dass sie per Fernzündung ausgelöst werden konnten. Er war gerade im Begriff, die letzte Ladung an den Stein zu heften, als er ein Geräusch hörte. Sofort ging er hinter der Säule in Deckung. Erst nachdem er einen kurzen Moment innegehalten hatte, riskierte er einen Blick.

Sein Sohn blickte von einem Laufsteg herab. Ob er ihn gesehen hatte oder nicht, konnte Han nicht sagen. Seine Augen waren hinter dieser abscheulichen Metallmaske verborgen. Der Maske, die das Gesicht von Kylo Ren war. Sein Umhang bauschte sich hinter ihm, als der Maskierte die Stufen zur unteren Ebene hinabstieg. Solo nutzte die Gelegenheit, um sich in einer dunklen Nische zu verbergen, dann erstarrte er zur Reglosigkeit. Kylo Ren ging an seinem Versteck vorbei. Sein eigen Fleisch und Blut – und er war ihm so nahe wie schon seit vielen Jahren nicht mehr.

Solo konnte nicht anders: Er musste auf die schwarz gewandete Gestalt zugehen. Es war schließlich sein Sohn. „Ben!", rief er.

Der Maskierte drehte sich um, als er den Namen hörte, den Leia und Han ihm gegeben hatten. „Han Solo", sagte er zu seinem Vater. „Ich habe lange auf diesen Tag gewartet."

Solo trat weiter auf ihn zu. „Nimm diese Maske ab, die brauchst du nicht – nicht hier, nicht vor mir."

Mit der starren Miene der Maske schien er ihn geradezu zu verhöhnen. „Was, glaubst du denn, wirst du sehen, wenn ich es tue?"

„Das Gesicht meines Sohnes."

„Dein Sohn ist tot! Er war schwach und töricht wie sein Vater, darum habe ich ihn vernichtet." Doch trotz dieser Worte griffen seine in schwarze Handschuhe gehüllten Hände nach der Maske und nahmen sie ab.

Das dunkle, wellige Haar, an das Han sich so gut erinnerte, war schulterlang. Darunter sah er die Wangen der Mutter, das Kinn des Vaters. Doch alles an Ben war schmal und kantig, als würde er überhaupt keine Nahrung zu sich nehmen. Und seine Augen waren nicht mehr braun wie in Solos Erinnerungen, sondern dunkler und von schrecklicher Trauer erfüllt.

„Snoke möchte dich das glauben lassen, aber es ist nicht wahr", sagte Han. „Mein Sohn ist noch am Leben. Ich sehe ihn jetzt gerade vor mir."

Ben lachte verächtlich. „Nein, der Oberste Anführer ist weise. Er durchschaut dich und sieht dein wahres Ich, Han Solo."

Eine Einheit der Sturmtruppen nahm hinter Ben Aufstellung. Han wusste, dass Chewbacca gerade mit seinem Bogenspanner von oben auf sie zielte, aber sein Freund würde nicht feuern, solange er ihm nicht das Signal dazu gab.

Solo machte einen Schritt auf seinen Sohn zu. „Snoke nutzt dich aus wegen deiner Macht. Er manipuliert deine Fähigkeiten, und wenn er hat, was er will, vernichtet er dich. Du weißt, dass es so ist."

Ben schüttelte den Kopf. „Es ist zu spät."

„Nein, ist es nicht. Es ist niemals zu spät für die Wahrheit. Verschwinden wir von hier und gehen nach Hause. Deine Mutter vermisst dich. *Wir* vermissen dich."

Bens Augen wurden noch schmaler. Sah Han da das Glänzen unvergossener Tränen? Vielleicht hatte Leia wirklich recht. Vielleicht konnte er seinen Sohn retten, so wie Luke seinen Vater gerettet hatte.

„Ich bin innerlich zerrissen", sagte Ben mit bebender Stimme. „Ich möchte … frei sein von diesem Schmerz."

Solo blieb auf dem Laufsteg stehen, denn nun war es sein Sohn, der einen Schritt auf ihn zumachte.

„Ich weiß, was ich zu tun habe, aber ich weiß nicht, ob ich die Kraft habe, es zu tun. Wirst du mir helfen?"

Han antwortete, wie jeder Vater es tun würde. „Ja, ich helfe dir."

Ben nahm sein Lichtschwert vom Gürtel und hielt es Solo hin, der erst die Waffe anblickte und dann seinen Sohn, ehe er die Hand ausstreckte. „Danke", sagte Ben – und zündete das Lichtschwert.

Im ersten Moment spürte Han nichts außer einer brennenden Hitze in seiner Brust. Einen Moment später verweigerte ihm seine Lunge den Dienst. Sein Herz hörte auf zu schlagen, und seine Beine knickten ein, sodass die glühende Klinge noch tiefer drang. Er wusste, dass dies nun schlussendlich die eine ausweglose Situation war, aus der ihn nicht einmal Chewie retten konnte.

In den letzten Sekunden seines Lebens wollte er an den *Falken,* an seinen pelzigen Freund und an seine wunderschöne Prinzessin denken, aber alles, was er sah, war sein Sohn – die Dunkelheit in seinen Augen und die Trauer. Han vergab ihm für das, was er getan hatte, und er betete, dass sein Sohn eines Tages auch ihm vergeben würde.

# 20. KAPITEL

Auf einem Laufsteg auf der obersten Ebene des Komplexes riss Finn die Augen auf. Unter ihm brach eine der letzten Legenden der Galaxis auf dem Boden zusammen. Er war ein gefeierter Held der Rebellion gewesen, Rekordhalter auf dem Kessel-Flug, der Captain des berühmten *Millennium Falken*.

Kylo Ren zog sein Lichtschwert aus der Leiche. Han Solo war tot.

„Nein!“, war alles, was Rey sagen konnte. „Nein, nein, nein …“

Finn legte den Arm um sie. Die beiden hatten gerade erst die Anlage betreten, um Han zu sagen, dass sie einen Gleiter hatten und zum Aufbruch bereit waren. Nicht, um ihn sterben zu sehen, nicht, um ein gequältes Brüllen zu hören, so tief und ohrenbetäubend, dass es ihre Trommelfelle zerfetzt hätte, wären sie der Quelle näher gewesen.

Auf dem Laufsteg unter ihnen stand Chewbacca und brüllte – und dann feuerte er seinen Bogenspanner ab.

Der Bolzen traf Kylo Ren in die Seite, und er stürzte zu Boden.

Die Sturmtruppen hinter ihm nahmen sofort den Wookiee unter Beschuss. Chewie streckte mehrere von ihnen nieder, bevor er sich in einen Korridor zurückzog. Ehe er verschwand, sah Finn, wie der Wookiee einen Fernzünder zur Hand nahm.

Die Sprengladungen blinkten, dann detonierten sie eine nach der anderen. Die gewaltige Steinsäule stürzte um wie ein gefällter Baum, und als diese strukturelle Stütze wegbrach, knickte das gesamte Dach ein. Riesige Trümmer regneten in den Raum hinab.

Kylo Ren, der sich zwischenzeitlich wieder hochgestemmt hatte, hob den Kopf und blickte direkt zu Finn und Rey hinauf. Einige Sturmtruppler folgten seinem Blick und eröffneten das Feuer.

Rey schoss zurück, aber nicht Finn. Er brauchte beide Hände, um Rey nach draußen zu zerren, bevor die Trümmer sie unter sich begraben konnten.

Chewbacca stürmte vor Wut brüllend den Korridor entlang. Er hatte alle Vorsicht fahren lassen und gab sich ganz seinem unbändigen Zorn hin. Jeder Soldat der Ersten Ordnung, der es wagte, sich ihm in den Weg zu stellen, musste wissen, dass das sein Todesurteil war. Und für die wenigen, die es versuchten, war es genau das.

Ein Truppler bekam einen Bogenspannerbolzen in die Brust, zwei weitere wurden nach hinten ins Schussfeld ihrer Kameraden geschleudert. Der Wachtposten am Ausgang schaffte es nicht rechtzeitig, aus der Bahn zu springen – bei ihm fuhr Chewbacca seine Krallen aus. Der Ehrenkodex der Wookiees verbot es, sie für irgendetwas anderes als das Klettern einzusetzen, aber dieser Abschaum von der Ersten Ordnung hatte von Ehre keine Ahnung. Kylo Ren hatte jegliche Regeln gebrochen, als er Han Solo ermordete – den Mann, der nicht nur sein Vater war, sondern auch Chewies bester Freund.

Solo. Nicht wenige glaubten, dass der Nachname des Schmugglers seine Persönlichkeit beschrieb. Doch nicht Chewbacca. Obwohl er manchmal wirklich den Eindruck erweckt hatte, als wäre er ein Einzelgänger, war Han nie allein gewesen. Dafür hatte der Wookiee gesorgt. Die beiden hatten alles geopfert, um einander zu helfen. Die Bande zwischen ihnen waren so eng wie die einer Familie. Han *war* Chewies Familie … gewesen. Er heulte und rammte seine Krallen in die Lücken zwischen den Rüstungsplatten, bis sich der Sturmtruppler nicht mehr rührte. Chewbacca ließ die Leiche fallen und schlug auf das Bedienfeld. Die Panzertüren glitten auf.

Draußen erwartete ihn die gefrorene Landschaft. Eine frostige Windböe fuhr ihm durch das Fell und erinnerte ihn nicht nur daran, wo er hinmusste, sondern auch daran, was er verloren hatte. Beinahe hätte er sich umgedreht, um zurück in den Komplex zu rennen. Sicher, es wäre Selbstmord gewesen, aber vielleicht hätte er noch eine Gelegenheit bekommen, den Verräter, dieses Monster von einem Sohn, zu erledigen. Er bezweifelte, dass ein einzelner Bolzen ausreichte, um Kylo Ren zu töten …

Doch der Wookiee hatte schon zu viele Tode mit angesehen und zu oft erlebt, wie zerstörerisch Rachegelüste sein konnten. Kylo Ren auszulöschen, würde ihm keine Genugtuung verschaffen, denn es würde Han nicht zurückbringen.

*Die Kinder. Rette die Kinder!*

Der Gedanke hallte in Form von Solos Stimme durch Chewbaccas Kopf. Der Wookiee zögerte vor dem Eingang. Er war nicht abergläubisch, und natürlich wusste er, dass es nicht wirklich Han war, der aus dem Jenseits zu ihm sprach. Vielmehr war es etwas, das sein Freund und Partner sagen würde, wäre er jetzt hier. Und zwar in seinem grimmigsten Tonfall, weil er schon wieder sein Leben für jemand anders aufs Spiel setzen musste. So war Han. Immer mürrisch, aber auch immer bereit, das Richtige zu tun.

Chewie rannte in den Schnee hinaus, auf den Gleiter zu, der in der Nähe stand. Er zwängte sich ins Cockpit, aktivierte die Repulsoren und raste in Richtung des *Falken* los.

Die Scanner des Schneegleiters zeigten an, dass sechs Sturmtruppler den corellianischen Frachter eingekreist hatten. Er bereitete die Kanone vor und erledigte die ersten drei Wachen, bevor sie überhaupt realisierten, dass er kein Pilot der Ersten Ordnung war. Die anderen erwiderten das Feuer, aber sie schossen daneben, denn Chewbacca deaktivierte den Antrieb und sprang aus dem Flitzer. Kaum dass er gelandet war, rannte er los und fegte zwei Sturmtruppler mit einem Bolzen aus dem Bogenspanner von der Einstiegsrampe.

Der letzte Soldat hechtete in den *Falken,* aber bevor er die Luke schließen konnte, streckte der Wookiee seinen langen Arm aus und packte den unteren Rand seines Helmes. Der Sturmtruppler wurde nach hinten gerissen und landete zwischen seinen Kameraden draußen im Schnee.

Chewie stapfte auf direktem Weg ins Cockpit, wo er sich auf Hans Sitz fallen ließ und die Startsequenz einleitete. Seine Pfoten bewegten sich sogar noch schneller über die Kontrollen als Hans Finger. Natürlich hatte er Solo nie darauf hingewiesen, aus Respekt vor dem zerbrechlichen Ego des Schmugglers. Im Moment wünschte er sich allerdings, er könnte mit seinem Freund darüber streiten.

Finn zerrte Rey hinter sich durch den Wald. Erst als sie glaubten, eine ausreichende Entfernung zwischen sich und ihre Feinde gebracht zu haben, wurden sie langsamer und atmeten durch.

„Halt!“, ertönte eine Stimme.

Offenbar waren sie doch nicht weit genug gerannt. Irgendwie hatte Kylo Ren sie gefunden. Der Mann, der ohne Maske fast genauso jung wirkte wie Finn, zückte sein Lichtschwert und kam auf sie zu. Chewbaccas Bolzen hatte ein Loch in sein Gewand gebrannt und die Panzerung an seiner Hüfte zerschmettert. So, wie es aussah, war er schwer verwundet.

Rey zog ihren Blaster, aber Ren hob den Arm und streckte ihr die Hand entgegen. Zu Finns Entsetzen schien der Finger des Mädchens am Abzug zu erstarren, und die Waffe flog ihr aus den Händen.

Der Schwarzgekleidete machte eine weitere schnelle Bewegung mit dem Arm, und nun wurde Rey selbst wie eine Puppe gegen einen Baumstamm geschleudert.

„Rey!“, schrie Finn. „Rey!“

Sie war vor Schmerzen benommen und konnte ihm nicht antworten.

Kylo Ren zündete sein Schwert. Es glühte, als würde die Klinge aus purem Feuer bestehen, und sein roter Schein färbte den Schnee. Da Reys Blaster zu weit entfernt lag, um danach zu greifen, nahm Finn die einzige Waffe zur Hand, die er hatte: das Lichtschwert von Luke Skywalker.

Ren zögerte, als die blaue Klinge zum Leben erwachte. „Dieses Lichtschwert“, sagte er, „gehört mir!“

Finn wedelte herausfordernd mit dem Schwert. „Komm und hol's dir!“

„Ich werde dich töten“, knurrte der Mörder von Han Solo und griff an.

Mit Müh und Not blockte und parierte Finn die ersten Angriffe seines Gegners. Der Schnee auf dem Boden schmolz, wann immer die Klingen bei flachen Schlägen hindurchsausten, und noch immer konnte der ehemalige Sturmtruppler keine Lücke in Rens Verteidigung finden. Seine Verletzung schien Ren überhaupt nichts auszumachen. Stattdessen wurde Finn Schritt für Schritt zurückgedrängt, fast so, als würde Kylo Ren neue Kraft aus seiner Frustration schöpfen.

Während seiner Nahkampfausbildung hatte Finn gelernt, einen Gegner glauben zu machen, dass er die Oberhand hatte. Er parierte schwach, dann wirbelte er unvermittelt vor und stach zu. Die Spitze seiner Klinge streifte Rens Arm. Es war kaum mehr als ein Kratzer, eine oberflächliche Verbrennung, aber sein Gegner wich trotzdem zurück. Jetzt musste er seinen Kontrahenten neu einschätzen.

Finn hielt die blaue Klinge vor seinen Körper und starrte Kylo Ren an, bereit für einen weiteren Angriff. Worauf er aber nicht vorbereitet war, war der Zorn, mit dem dieser nun auf ihn einschlug. Als wäre ihr Kampf zuvor nur ein Spiel gewesen. Jetzt kamen Rens Hiebe schneller und stärker, und Finn blieb nichts anderes übrig, als zurückzuweichen.

Eine unerwartete Attacke zog eine dunkle Linie über seine Brust. Finn stürzte nach hinten, und durch den Schwung seiner letzten Bewegung segelte ihm Luke Skywalkers Lichtschwert aus den Händen. Er sah noch, wie die blaue Klinge erlosch, dann wurde das Universum dunkel.

Kylo Ren widmete FN-2187 keines weiteren Blickes, nachdem er seinen letzten Streich geführt hatte. Stattdessen deaktivierte er sein Schwert und streckte die Hand in die Richtung von Finns Lichtschwert aus. Der Griff begann im Schnee zu zittern, aber ihn mit der Macht zu sich zu holen, erwies sich als unerwartet schwierig. Die Schmerzen von Rens Wunde schwächten seine Konzentration, also zerrte er stärker an der Waffe. Schließlich sprang der Griff aus dem Boden …

… und sauste an ihm vorbei in Reys Hand. Sie stand neben dem Baum, gegen den er sie geschmettert hatte, und starrte aus großen Augen auf das Schwert, als könnte sie selbst nicht glauben, dass sie es in Händen hielt.

„Du!“, knurrte Ren.

Ihre Überraschung verwandelte sich ruckartig in Zorn. Er konnte es spüren, als würden Hitzewellen von ihr ausgehen. Sie wollte sich dafür rächen, was er ihren Freunden angetan hatte. Kylo Ren blickte sie trotzig an, eine stumme Herausforderung, dass sie es doch versuchen sollte.

Das Mädchen aktivierte das Lichtschwert und preschte vor.

Ren zündete seine eigene Waffe und parierte den Angriff, dann setzte er zum Konter an, den sie wiederum abwehrte, um selbst erneut in die Offensive zu gehen. Ihre Hiebe ließen Finesse und Form vermissen, aber es war offensichtlich, dass sie nicht zum ersten Mal eine Nahkampfwaffe benutzte. Ihre Klinge schlug wieder und wieder knisternd gegen die seine, ohne dass sie ihr Tempo verlangsamte, und hin und wieder zwang sie ihn sogar einen Schritt zurück.

Er spürte, dass sie ihre Kraft aus derselben Quelle schöpfte wie er – ihrem Zorn. Und das war die Schwäche, die er ausnutzen würde, um sie zu besiegen. Kylo Ren hatte mehr Wut in sich, als sie auch nur ahnen konnte. Hackend und schlagend stürmte er auf sie ein. Noch konnte sie die Angriffe abwehren, aber sie wich vor ihm zurück – weiter und weiter und weiter.

Ohne Vorwarnung explodierte das Dach des Generatorkomplexes. Es war nicht von X-Flügler-Torpedos getroffen worden, vielmehr hatten Explosionen im Inneren der Anlage den Einsturz verursacht. Poe wusste nicht, wie Finn und seine Gruppe das bewerkstelligt hatten, aber er dankte den Sternen, dass ihr Plan aufgegangen war. Er rief die anderen Piloten, die noch übrig waren, per Kom. „An alle Einheiten, die strukturelle Stabilität des Generatorkomplexes ist verringert! Ich wiederhole, das Dach des Ziels ist eingestürzt! Wir können rein. Also, feuert auf das Ziel und gebt alles, was ihr habt!"

Die X-Flügler brachen ihre Ausweichmanöver ab und rasten hinter ihm her der Oberfläche entgegen. Einer nach dem anderen schossen sie ihre Protonentorpedos ab. Explosionen erschütterten die gewaltige Anlage, bis schließlich ihre Belastungsgrenze erreicht war. Mit einem donnernden Knall, der selbst die Berge erbeben ließ, stürzte der gesamte Komplex in sich zusammen. Feuer loderte in den Himmel auf, und wenig später begannen der Generator und der Kern des Planeten zu implodieren.

Der Boden bäumte sich auf. Die Detonationen hatten den Planetenkern erreicht, und die Folge waren tektonische Plattenverschiebungen, die sofortige drastische Veränderungen mit sich brachten. Die Bäume wankten – und knickten weg. Ein ganzer Abschnitt des Waldes stürzte in sich zusammen, verschluckt von einem Abgrund, der sich im Boden auftat. Staub wirbelte aus seiner schwarzen Tiefe hoch, und wenige Sekunden später stand Rey am Rand einer bodenlosen Schlucht. Jetzt konnte sie nicht weiter zurückweichen.

Ren richtete sein Lichtschwert auf sie. „Ich könnte dich gleich jetzt töten. Aber es gibt eine andere Möglichkeit."

Sie starrte ihn finster an. „Du bist ein Monster!"

„Nein, du brauchst einen Lehrer", entgegnete er. „Ich kann dich mit der Macht vertraut machen!"

„Der Macht?", wiederholte sie, gleichzeitig verwirrt und verärgert. Kurz schloss sie die Augen, dann sprang sie vor, wütender denn je.

Plötzlich hatte Kylo Ren es mit einem Gegner zu tun, der

noch mehr Zorn in sich trug als er. Oder war es vielleicht überhaupt nicht Zorn, der sie antrieb? War es vielleicht eine Emotion, die er selbst gar nicht mehr kannte? Nun, was immer es war, sie zwang ihn damit zurück. Er taumelte nach hinten, seine Parade war ihrem nächsten Schlag nicht gewachsen, und das Lichtschwert flog aus seinen Fingern.

Ren hob die Hand und beschwor die Macht, um ihre Angriffe abzuwehren. Zunächst funktionierte es, und die Hiebe seiner Gegnerin prallten vom eisernen Schild seines Willens ab. Doch dann kam ein Schlag durch und streifte sein Gesicht. Es brannte.

Ungläubig blickte er zu dem Mädchen hoch. Ihr Lichtschwert verharrte dicht über seiner Brust, und die Kälte ihres Blickes ließ ihn frösteln. Er, der gerade noch so darauf gebrannt hatte, sie zu töten, hatte mit einem Mal Angst vor dem Sterben.

Da trat das Mädchen von ihm zurück.

Ren sah zu, wie sie zu der reglosen Gestalt von FN-2187 hinüberging. Sie hätte ihn töten können, aber sie hatte es nicht getan. Glaubte sie etwa, dass sie wirklich stärker war als er? Oder schlimmer noch, hatte sie *Mitleid* mit ihm?

Der Boden erbebte und brach auseinander. Ein Riss entstand zwischen Ren und dem Mädchen und wurde rasch breiter. Sie blickte nicht mal in seine Richtung, aber er starrte voller Hass zu ihr hinüber. Während um sie herum der Planet auseinanderbrach, kniete sie sich neben den Körper ihres Freundes. Was für eine Närrin sie war! Sie würde hier sterben.

Doch Kylo Ren würde leben. Ein Shuttle landete in der Nähe, und General Hux und eine Gruppe von Sturmtrupplern sprang heraus. Der Transmitter an seinem Gürtel musste ihnen seine Position verraten haben.

Die Soldaten halfen ihm auf und führten ihn in das Shuttle, während General Hux selbstgefällig neben ihnen herstapfte. Ren zeigte dem General gegenüber keine Spur von Dankbarkeit. Aus eigenem Antrieb hätte Hux niemals versucht, ihn zu retten. Der Oberste Anführer musste es befohlen haben. Also würde Kylo Ren sich die Dankbarkeit für seinen Meister aufsparen.

Die Starkiller-Waffe war vernichtet. Der Planet stand kurz davor auseinanderzuplatzen. Poes Kom hallte wider von BB-8s triumphierendem Trillern und den freudigen Rufen seiner Piloten, und Dameron selbst stimmte ebenfalls in den Jubel ein.

Gerade wollte der Pilot seinen Droiden anweisen, nach Personen in der Nähe der Anlage zu suchen, als auf seinem Scanner ein corellianischer Frachter mit der Bezeichnung *Millennium Falke* auftauchte. Er war kurz zuvor von der Oberfläche gestartet. Einen Moment später brüllte ein Wookiee über das Kom und bestätigte, dass dem Bodenteam die Flucht gelungen war.

Poe zog den Steuerknüppel zurück und führte die X-Flügler durch die düstere Atmosphäre zu den Sternen hinauf.

# 21. KAPITEL

Lauter Jubel erklang überall auf der Basis von D'Qar. Die Schlacht war vorbei, die Starkiller-Basis war zerstört, und der Widerstand hatte gewonnen.

General Leia Organa zog sich in ihr Quartier zurück und weinte. Sekunden bevor die Holoschirme der Kommandozentrale die Bilder der Detonation übertragen hatten, hatte sie einen stechenden, unerträglichen Schmerz gespürt. Es war, als wäre ihr Herz auseinandergebrochen. Ihr Ehemann Han er war tot.

Personen, die Leia gut kannten, wussten, dass sie Schreckliches durchlitten hatte, aber stets stärker und weiser aus diesen Schicksalsschlägen hervorgegangen war. Doch in diesem Schmerz fand sie keine Stärke, keine Lehren. Sie fand nur Verzweiflung und Leere. Erst war ihr Sohn der Dunkelheit von Darth Vader zum Opfer gefallen, dann war ihr Bruder verschwunden, und jetzt hatte sie ihren Mann verloren.

Würde das jemals enden? Leia bezweifelte es. Doch wenn sie jetzt aufgab, wie viel mehr Leid würde es dann geben? Wie viele andere Familien, Ehemänner, Brüder und Söhne würden ebenso verschwinden wie ihre? Sie selbst betrachtete sich nicht als stark oder weise. Aber sie war hartnäckig.

Gestählt von diesem Durchhaltewillen verließ sie ihr Quartier wieder und trat auf den Landeplatz hinaus, um die tapferen Kämpfer zu begrüßen, die lebend aus dem Feindgebiet zurückgekehrt waren.

C-3PO und BB-8 schlossen sich ihr an, als der *Millennium Falke* landete. Hinter ihnen hatte sich die Besatzung der Basis versammelt, aber ihr Jubel verstummte respektvoll, als sich die Einstiegsluke öffnete. Chewbacca rannte von Bord, auf seinen Armen ein schwer verwundeter Finn. Mehrere Sanitäter eilten sofort zu ihm, um den Jungen zu behandeln.

Doch als anschließend das Mädchen die Rampe hinunterschritt, wurden die triumphierenden Rufe wieder laut. Rey blieb kurz stehen, dann ging sie zu Leia hinüber. Organa legte ihre Hände sanft auf das Gesicht des Mädchens, dann umarmten sie sich und brachen beide in Tränen aus.

BB-8 rollte hinter Poe her, als er in den Besprechungsraum trat. Zahlreiche der ranghohen Kommandanten und Offiziere waren bereits dort, bei ihnen auch das Mädchen von Jakku, General Organa und ihr Protokolldroide. Sie hatten sich hier versammelt, um über den noch immer unbekannten Aufenthaltsort von Luke Skywalker zu beraten.

Poe ergriff als Erster das Wort. „Kylo Ren sagte, dass Bebe-Achts Segment der letzte Teil der Karte zu Skywalker sei. Die Frage ist also: Wo ist der Rest?"

Das Mädchen trat vor. „Die Erste Ordnung hat den Rest. Sie haben sie aus den imperialen Archiven."

Poe blinzelte überrascht. „Das Imperium?"

„Es ergibt Sinn", warf Admiral Statura ein. „Das Imperium hat vermutlich nach den ersten Jedi-Tempeln gesucht. Sie wollten alle Spuren der Jedi in der Galaxis vernichten."

Poe wollte etwas erwidern, klappte dann aber den Mund wieder zu, und sein Blick wanderte von Statura zu einem Licht, das plötzlich im hinteren Teil des Raums aufgeblinkt war. Scheinbar vergessen zwischen Stapeln ausgemusterter Ausrüstung stand dort ein alter Astromechdroide der R2-Baureihe.

„Wir befinden uns noch immer im Krieg mit der Ersten Ordnung – und dieser Krieg wird erst enden, wenn entweder wir oder sie vernichtet sind“, erklärte General Organa. „Ohne Luke werden wir beim nächsten Mal keine Chance haben.“

Die alte R2-Einheit rollte mitten in die Besprechung und gab einen Strom von Piepslauten von sich, lauter als jedes Geräusch, das BB-8 von sich geben konnte.

„Erzwo, was ist?“, fragte ein seltsam aufgeregter C-3PO. „Ich habe dich nicht mehr so aktiv gesehen, seit ... He, langsam! Du überlastest meine Datenempfänger!“

Die R2-Einheit pfiff und dudelte aber nur umso energischer, fast als würde ihre elektronische Existenz davon abhängen.

„Was sagt er?“, fragte General Organa.

C-3PO übersetzte das Gezwitscher. „Er sagt, falls die Informationen, nach denen Sie suchen, in den imperialen Archiven waren, könnte er sie in seinen Datenbanken haben. Er scannt gerade seinen Speicher.“

Leia starrte den Astromechdroiden an. „Erzwo hat den Rest der Karte?“

„Er hält es jedenfalls für möglich“, erklärte C-3PO mit schriller Stimme. „Ich habe ihn noch nie mit solchem Nachdruck piepen hören.“

R2-D2 zirpte, dann projizierte er ein Hologramm durch seine Linse. Eine riesige galaktische Karte entfaltete sich vor ihnen in der Luft, viel größer und detaillierter als das Fragment, das Lor San Tekka gefunden hatte. Doch auch hier fehlte ein Abschnitt, ein leerer Fleck ohne jegliche Informationen.

BB-8 piepte und stieß Poe an.

„Ja, alles klar, Kumpel, warte", sagte Dameron. „Ich habe es." Er holte das seltsam geformte Objekt hervor, das er von Lor San Tekka erhalten hatte – nachdem die Karte kopiert worden war, hatte der Widerstand es dem Piloten zurückgegeben. Poe legte das Speichergerät in BB-8s Datenschacht, und nachdem der Droide einen Moment reglos verharrt hatte, rollte er neben R2-D2 und warf sein eigenes Hologramm in den Raum. Die beiden glichen den Maßstab der Abbildungen an, und schon passte die kleinere Karte genau in die Lücke der größeren.

C-3PO warf die Arme hoch. „Oh du meine Güte! Das ist es! Die Karte ist nun vollständig! Erzwo! Erzwo, du hast es geschafft!"

General Organas Reaktion war weniger aufgeregt, dafür aber umso emotionaler. „Luke ..."

Der Name schien den gesamten Besprechungsraum unter Strom zu setzen. Offiziere, die nie auch nur eine Miene verzogen hatten, fielen sich in die Arme.

Poe schmunzelte. Einmal mehr hatten all die kleinen Siege zu etwas viel Größerem beigetragen. Das Mädchen von Jakku stand neben ihm. Unsicher, ob er jemanden umarmen sollte, den er kaum kannte, stellte er sich erst einmal vor. „Äh, hallo, ich bin Poe."

„*Du* bist also Poe", sagte sie. „Poe Dameron, der X-Flügler-Pilot! Ich bin Rey."

„Ich weiß", erwiderte er. „Schön, dich kennenzulernen."

Sie lächelten einander an. Poe hatte das sichere Gefühl, dass sich ihre Wege bald wieder kreuzen würden.

Rey wollte sich von Finn verabschieden, bevor sie zu ihrer Mission aufbrach, auch wenn sie wusste, dass er sie nicht hören konnte. Er lag im Koma auf der Krankenstation der

Basis und war noch immer an die lebenserhaltenden Systeme angeschlossen.

Doktor Kalonia, dieselbe Ärztin, die auch Chewbacca behandelt hatte, hatte Rey versichert, dass ihr Freund wieder vollständig genesen würde. Doch das war bereits vor mehreren Tagen gewesen, und Finns Zustand hatte sich noch immer nicht verändert.

Sie wusste nicht, wie lange sie an seiner Seite saß, aber es mussten Stunden sein. Als es schließlich Zeit wurde aufzubrechen, beugte sie sich über sein Behandlungsbett und gab ihm einen Kuss. „Wir werden uns wiedersehen, ich glaube fest daran. Danke, mein Freund!"

Anschließend ging Rey mit R2-D2 zum Startfeld, wo Leia auf sie wartete. Sie rückte den Kragen der neuen Fliegerjacke zurecht, die das Mädchen trug. „Ich bin sehr stolz auf dich."

Rey blickte Leia in die Augen, und was sie dort sah, war mehr als nur Stolz. „Aber ich spüre auch Angst. Dass ich auf diese Mission gehe … weckt Erinnerungen."

Organa ließ die Jacke los. „Aber dir wird es nicht so ergehen wie unserem Sohn."

Rey blickte zum *Falken* hinüber. Chewbacca war beinahe fertig mit den Startvorbereitungen. „Ich weiß, dass wir das Richtige tun", erklärte sie. „Genau so *sollte* es sein."

„Ich spüre es auch, Rey", sagte Leia und nickte. „Möge die Macht mit dir sein." Sie trat zurück und lächelte, als das Mädchen an Bord ging.

Chewbacca hatte Rey gebeten, den Sitz des Piloten zu übernehmen, also nahm sie dort Platz. Trotz der alten, zerschlissenen Polster fühlte sich der Sessel bequem an. Chewbacca wuschelte kurz durch ihr Haar und nahm neben ihr auf dem Sitz des Kopiloten Platz. R2-D2 rollte ebenfalls ins Cockpit und piepte laut.

Rey machte sich noch einmal mit den Instrumenten, den Anzeigen und den Kontrollen vertraut. Zumindest würde sie sich diesmal keine Sorgen um Kompressoren oder Pumpen für die Treibstoffleitung machen müssen. Chewbacca hatte alle von Unkar Plutts „Verbesserungen" wieder ausgebaut.

Sie aktivierte die Repulsoren, und der Frachter erhob sich vom Landefeld. Als die Triebwerke bereit waren, atmete Rey tief ein. Einen Moment später raste der *Millennium Falke* los, einer Welt entgegen, die aus allen Sternenkarten gelöscht gewesen war – bis jetzt.

# EPILOG

Einst gab es einen mystischen Orden der Jedi-Ritter, die als Hüter des Friedens und der Gerechtigkeit in der Galaxis dienten. Viele von ihnen waren Helden wie Obi-Wan Kenobi, Yoda oder Anakin Skywalker. Doch ebenso wie die Republik, die sie verteidigten, fielen auch sie einem Verrat aus dem Inneren zum Opfer. Ihr Orden wurde vernichtet, und obwohl man Jahrzehnte später versuchte, ihn wieder zum Leben zu erwecken, erlosch die Flamme erneut. Die Jedi blieben ein Relikt der Vergangenheit.

Einst gab es ein Mädchen, das sich Rey nannte. Sie hatte viele Jahre allein gelebt, bis sie den Wert von Familie und Freunden zu schätzen lernte. Mit zwei dieser Freunde brach sie in einem Raumschiff zu einer fernen Welt auf. Sie landeten auf einer Insel, umgeben von blaugrünem Ozean. Steinstufen waren in die steile Felswand der Insel gehauen, und als Rey sie hinaufstieg, gelangte sie auf eine Lichtung. Dort wartete der Einsiedler, nach dem sie suchte.

Einst gab es einen Mann namens Luke Skywalker. Doch diesen Namen hatte er schon lange, lange nicht mehr benutzt. Seit Jahren lebte er allein auf einer friedlichen Insel auf einem vergessenen Planeten. Er blickte das Mädchen an und zog dann seine Kapuze zurück, damit sie sein Gesicht sehen konnte. Seine Robe war schlicht, sein Haar weiß. Ein Bart trennte ihn von seiner Jugend, so wie die Abgeschiedenheit dieser Welt ihn von seiner Vergangenheit trennte. Doch jetzt hatte man ihn gefunden.

Einst gab es ein Lichtschwert mit heller blauer Klinge, das von einer Hand in die andere weitergereicht worden war. Das Mädchen, in dessen Besitz das Schwert war, hielt es dem Mann hin, dem es so lange gehört hatte. Er blickte den Griff an, als wäre es eine Erinnerung, die er zu vergessen versucht hatte.

Einst gab es ein gewaltiges Wissen über die Macht, eine Energie, die von allen lebenden Wesen erzeugt wurde und die Galaxis zusammenhielt. Die Macht war es, die den Jedi ihre Kräfte verliehen hatte. Mit ihrer Hilfe hatten die Mitglieder des Ordens unglaubliche körperliche und geistige Leistungen vollbracht. Doch als die Jedi gejagt und vernichtet wurden, schien das Wissen um die Macht mit ihnen gestorben zu sein. Viele Jahre gab es niemanden, an den sich Wesen wenden konnten, die empfänglich für die Macht waren. Es gab niemanden, der es ihnen erklären oder der sie unterrichten konnte, und so schlummerte das Potenzial in diesen Personen vor sich hin, ohne je zu erblühen. Und da es keinen Beweis für ihre Existenz gab, begannen die Bewohner der Galaxis zu glauben, dass es die Macht nie gegeben hatte.

Doch in diesem Mädchen und in diesem Mann und dem Lichtschwert zwischen ihnen erwachte die Macht gerade von Neuem.

# ÜBER DEN AUTOR

Zu Michael Kogges jüngsten Werken zählen *Empire of the Wolf*, ein epischer Comic über Werwölfe im alten Rom, und die Jugendbuchreihe zu *Star Wars Rebels*. Im Internet ist er auf www.MichaelKogge.com zu finden, im echten Leben wohnt er in Los Angeles, Kalifornien.

# DAS LUSTIGSTE TAGEBUCH DER GALAXIS!

ISBN 978-3-8332-2712-7

ISBN 978-3-8332-2901-5

ISBN 978-3-8332-3016-5

IM BUCHHANDEL ERHÄLTLICH

PANINI COMICS

www.paninicomics.de

## WEITERE BUCHNEUHEITEN ZU STAR WARS REBELS:

Lebensretter Zeb
Erstlesebuch
ISBN 978-3-8332-2946-6

Ezra und der Pilot
Erstlesebuch
ISBN 978-3-8332-2947-3

Ezras Spiel
Jugendroman, Ryder Windham
ISBN 978-3-8332-2945-9

Ezras Tagebuch
Comic-Roman
ISBN 978-3-8332-2958-9